Un scandale en Bohême

ROMANS ET RECUEILS AVEC SHERLOCK HOLMES

La Bande mouchetée,
suivi de trois autres récits, Librio n° 5

Le Rituel des Musgraves,
suivi de trois autres récits, Librio n° 34

La Cycliste solitaire,
suivi de trois autres récits, Librio n° 51

Une étude rouge, Librio, n° 69

Les Six Napoléons,
suivi de trois autres récits, Librio n° 84

Le Chien de Bakersville, Librio n ° 119

Le Signe des Quatre, Librio, n° 162

Le Diadème de Béryls,
suivi de trois autres récits, Librio n° 202

Le Problème final,
précédé de trois autres récits, Librio, n° 229

Les Hommes dansants,
suivi de trois autres récits, Librio, n° 283

ARTHUR CONAN DOYLE

Sherlock Holmes

Un scandale en Bohême

suivi de trois autres récits

Librio

Texte intégral

UN SCANDALE EN BOHÊME

1

Pour Sherlock Holmes elle est toujours *la* femme. Je l'ai rarement entendu parler d'elle sous un autre nom. A ses yeux elle éclipse tout son sexe, elle est supérieure à toutes les femmes.

Non pas qu'il éprouvât pour Irène Adler un sentiment qui ressemblât à l'amour. Tous les sentiments, et celui-là en particulier, répugnaient à son esprit froid, lucide et admirablement équilibré. Etant, à mon sens, la machine à raisonner et à observer la plus parfaite que le monde eût jamais vue, il se serait, en tombant amoureux, placé dans une fausse position. Il ne parlait jamais des choses du cœur qu'avec une pointe de raillerie et un rire moqueur. Ces passions étaient des choses admirables pour l'observateur – excellentes pour dévoiler les mobiles et les actions des hommes. Mais, pour le logicien entraîné, admettre de telles intrusions dans son tempérament précis et bien organisé, c'était introduire un élément de trouble susceptible de jeter un doute sur tous les résultats obtenus par son intellect. Des grains de sable dans un instrument très délicat, une fêlure dans l'une de ses fortes et puissantes loupes ne l'auraient pas plus déconcerté que l'apparition dans son cœur d'un sentiment violent. Et cependant il n'y avait pour lui qu'une femme et cette femme, c'était feu Irène Adler, de douteuse et discutable mémoire.

Je n'avais pas vu Holmes depuis quelque temps. Mon mariage nous avait séparés. Les multiples préoccupations qui, lorsque nous nous créons un foyer, accaparent celui qui pour la première fois se trouve maître de sa propre installation, suffisaient en même temps que mon bonheur parfait à absorber toute mon attention. Quant à Holmes, dont l'âme de bohème était hostile à toute espèce de relations mondaines, il était resté dans notre appartement de Baker Street, enseveli parmi ses vieux livres, passant alternativement, de semaine en semaine, de la cocaïne à l'ambition, de la torpeur de la drogue à la fougueuse énergie de son ardente nature. Il était encore, et comme toujours, profondément attiré par l'étude du crime et il employait ses immenses facultés et son extraordinaire puissance d'observation à suivre telles pistes jusqu'au bout, éclaircir tels mystères que la police officielle avait abandonnés sans espoir. De temps en temps, par ouï-dire, j'avais quelques vagues aperçus de ce qu'il faisait : on l'avait appelé à Odessa pour l'affaire de l'assassinat de Trepoff ; il avait débrouillé la singulière tragédie des frères Atkinson à Trincomalee et enfin il avait été chargé par la famille régnante de Hollande d'une mission qu'il avait remplie avec autant de délicatesse que de succès. Toutefois, en dehors de ces signes d'activité dont j'avais connaissance simplement, comme tous les lecteurs de la presse quotidienne, je savais bien peu de chose de mon ancien ami et compagnon.

Un soir – c'était le 20 mai 1888 – je rentrais d'une visite chez un malade (car j'étais revenu à la clientèle civile) quand mon chemin me fit passer par Baker Street. En passant devant cette porte que je me rappellerai toujours, car, dans ma pensée, elle demeurera toujours associée au prélude de mon mariage et aux sombres incidents de l'*Etude en Rouge,* je fus pris d'un vif désir de revoir Holmes et de savoir de quelle manière il employait ses dons extraordinaires. Son logis était brillamment éclairé et même, en levant les yeux, je vis par deux fois son grand corps dégingandé se silhouetter au passage sur le rideau. Rapide, absorbé, il allait et venait dans la pièce, la tête inclinée vers sa poitrine, les mains jointes derrière le dos. Pour moi, qui connaissais toutes ses humeurs et ses habitudes, cette attitude et ce comportement étaient éloquents. Il avait repris son travail. Sorti des rêves nés de la drogue, il était lancé avec ardeur sur un nouveau problème. Je tirai la sonnette et l'on me conduisit à l'appartement qui avait autrefois été le mien.

Sa réception ne fut pas trop chaleureuse. Elle l'était rarement ; mais il était, je le crois, content de me voir. Ce fut à peine s'il dit un mot, mais avec un regard bienveillant, il m'indiqua un fauteuil, me passa par-dessus la table son étui à cigares et du doigt me montra dans le coin une cave à liqueurs et une bouteille d'eau gazeuse. Après quoi il se planta devant le feu et me regarda de haut en bas, de cette façon pénétrante qui lui était propre.

– Le mariage vous réussit, remarqua-t-il. Je crois, Watson, que vous avez pris sept livres et demie depuis que je ne vous ai pas vu.

– Sept, répondis-je.

– Vraiment ? j'aurais cru un peu plus. Juste un tout petit peu plus, je crois, Watson. Et vous refaites de la clientèle, à ce que je vois ? Vous ne m'aviez pas dit que vous aviez l'intention de reprendre le collier.

– Alors comment le savez-vous ?

– Je le vois. Je le déduis. Comment puis-je savoir que vous avez été trempé il n'y a pas longtemps et que vous avez une servante à la fois très maladroite et peu soigneuse ?

– Mon cher Holmes, ça, c'est trop fort. On vous aurait sûrement brûlé, si vous aviez vécu il y a quelques siècles. Il est vrai que j'ai parcouru la campagne jeudi et que je suis rentré chez moi en piteux état ; mais comme j'ai changé de vêtements, je ne conçois pas d'où vous déduisez cela. Quant à Marie-Jeanne, elle est incorrigible et ma femme lui a donné congé ; mais là encore, je ne vois pas comment vous y arrivez.

Il rit doucement et frotta ses longues mains nerveuses.

– C'est la simplicité même ; mes yeux me disent que sur le côté intérieur de votre soulier gauche, juste là où le frappe la lumière de l'âtre, le cuir a été marqué de six égratignures, parallèles ou presque. De toute évidence c'est le fait de quelqu'un qui a gratté sans soin autour des bords de la semelle pour en détacher une croûte de boue. De là, vous le voyez, ma double déduction que vous êtes sorti par un très vilain temps, et que vous aviez, pour nettoyer vos chaussures, un spécimen particulièrement mauvais de la domesticité londonienne. Quant à votre clientèle, si un monsieur qui entre dans mon appartement sent l'iodoforme, s'il a une marque noire de nitrate d'argent à l'index de la main droite, si une bosse d'un côté de son chapeau haut de forme révèle l'endroit où il cache son stéthoscope, il faudrait que je sois bien borné, en vérité, pour ne pas déclarer que c'est un membre actif de la profession médicale.

Je ne pus m'empêcher de rire devant l'aisance avec laquelle il expliquait la marche de ses déductions.

– Quand je vous entends exposer vos raisons, remarquai-je, la chose me semble toujours si ridiculement simple que je pourrais aisément en faire autant moi-même ; et pourtant à chaque nouvel exemple de votre raisonnement je reste déconcerté jusqu'à ce que vous expliquiez la façon dont vous l'avez déduit. Je crois cependant que mes yeux sont aussi bons que les vôtres !

– Très certainement, répondit-il tout en allumant une cigarette et en se laissant tomber dans un fauteuil. Vous voyez, mais vous n'observez pas. La distinction est claire. Par exemple, vous avez fréquemment vu les marches d'escalier qui montent du vestibule à cette pièce.

– Fréquemment.
– Combien de fois ?
– Eh bien ! quelques centaines de fois.
– Alors, combien y en a-t-il ?
– Combien ? Je ne sais pas.
– C'est bien cela ! Vous n'avez pas observé et cependant vous avez vu. Toute la question est là. Or je crois qu'il y a dix-sept marches parce que je les ai à la fois vues et observées. A propos, puisque vous prenez intérêt à ces menus problèmes et que vous êtes assez bon pour relater une ou deux de ces aventures sans portée, il se peut que vous vous intéressiez à ceci. (Il me lança une feuille de papier à lettres épais et rose qui se trouvait ouverte sur la table.) Ceci m'est venu par le dernier courrier. Lisez-le à haute voix.

La lettre n'était pas datée et ne portait ni signature ni adresse d'expéditeur. Elle disait :

« *On vous rendra visite ce soir à huit heures moins le quart. C'est un monsieur qui désire vous consulter sur une affaire de la plus haute importance. Les services que vous avez récemment rendus à l'une des maisons royales d'Europe ont montré que vous êtes un homme à qui on peut en toute sécurité confier des choses d'une importance qu'on ne saurait que difficilement s'exagérer. Ces renseignements à votre égard nous sont de différentes sources venus. Soyez donc chez vous à cette heure-là et ne prenez pas ombrage du fait que votre visiteur sera masqué.* »

– Voilà, en vérité, un mystère... dis-je. Qu'imaginez-vous que cela signifie ?
– Je n'ai encore aucune donnée. C'est une erreur capitale que de bâtir des théories tant qu'on n'a pas de données. Insensiblement, on se met à torturer les faits pour les faire cadrer avec les théories, au lieu d'adapter les théories aux faits. Mais de la lettre elle-même, que déduisez-vous ?

J'examinai soigneusement l'écriture et le papier sur lequel on avait écrit.

– L'homme qui a écrit ceci jouit probablement d'une belle aisance, remarquai-je. Un tel papier ne saurait coûter moins d'une demi-couronne le paquet. Il est tout particulièrement fort et solide.

– Particulièrement est bien le mot, dit Holmes. Ce n'est pas du tout du papier anglais. Regardez-le en transparence.

J'obéis et je vis, dans le corps du papier, un grand *E* avec un petit *g*, un grand *P* et un grand *G* suivis de deux petits *t*.

– Qu'y voyez-vous ? demanda Holmes.

– Le nom du fabricant, sans doute, ou plutôt son monogramme.

– Ce n'est pas tout. Le grand *G* avec le petit *t* signifie Gesellschaft, l'allemand pour « Compagnie ». C'est l'abréviation ordinaire équivalente à notre « Cie ». *P*, bien entendu, veut dire « Papier ». Et maintenant à l'*Eg*. Jetons un coup d'œil sur notre « Informateur continental ». (Il prit, sur un des rayons, un lourd volume brun.) Eglow-Eglonites, nous y voici : Egria. Ça se trouve dans un pays de langue allemande, en Bohême, non loin de Carlsbad. Notable parce qu'elle fut la scène de la mort de Wallenstein et aussi pour ses nombreuses verreries et papeteries. Ah ! ah ! mon cher, qu'en dites-vous ?

Ses yeux étincelaient et il tira de sa cigarette un gros nuage, triomphal et bleu.

– Ce papier, dis-je, a été fabriqué en Bohême.

– Précisément. Et l'homme qui a écrit la lettre est un Allemand. Observez-vous la construction particulière de la phrase : « Ces renseignements à votre égard nous sont de différentes sources venus » ? Un Français ou un Russe n'aurait pu écrire cela. C'est l'allemand qui est si peu courtois envers ses verbes. Il nous reste donc à savoir ce que veut cet Allemand qui écrit sur du papier de Bohême et qui aime mieux porter un masque que montrer son visage.

Le voici qui vient, si je ne me trompe, dissiper tous nos doutes.

Pendant qu'il parlait, on entendit le bruit clair de sabots de chevaux, puis un grincement de roues contre la bordure du trottoir, suivis enfin d'un vif coup de sonnette. Holmes siffla.

– Deux chevaux, à en juger d'après le son, dit-il. Oui, continua-t-il, en regardant par la fenêtre. Un joli petit landau et une paire de beautés qui valent cent cinquante guinées pièce. Il y a de l'argent dans cette affaire, Watson, à supposer qu'il n'y ait rien d'autre.

– Je crois que je ferais mieux de m'en aller, Holmes.

– Pas du tout, docteur. Restez où vous êtes. Je suis perdu sans mon historiographe. Et ça promet d'être intéressant. Ce serait dommage de rater cela.

– Mais votre client...

– Ne vous en occupez pas. Je peux avoir besoin de votre concours, et lui aussi. Le voici qui vient. Asseyez-vous dans ce fauteuil, docteur, et prêtez-nous toute votre attention.

Un pas lourd et lent que l'on avait entendu dans l'escalier et dans le couloir s'arrêta net devant notre porte. Puis on frappa, un coup bruyant et autoritaire.

– Entrez ! dit Holmes.

Un homme entra ; sa taille n'était guère inférieure à deux mètres et il avait le torse et les muscles d'un hercule. Ses vêtements étaient riches, d'une opulence qu'en Angleterre on considérait comme voisine du mauvais goût. De lourdes bandes d'astrakan barraient ses manches et le devant de son veston croisé, tandis que le manteau bleu foncé qu'il avait jeté sur ses épaules était doublé d'une soie couleur de feu et retenu au cou par une broche faite d'une aigue-marine flamboyante. Des demi-bottes qui montaient jusqu'au mollet et dont le haut était garni de riche fourrure brune complétaient l'impression d'opulence barbare que suggérait tout l'aspect de l'individu. Il tenait à la main un chapeau à large bord et portait sur la partie supérieure de son visage un masque noir qui descendait jusqu'en bas des pommettes. Sans doute venait-il de l'ajuster à l'instant, car sa main était encore levée vers sa figure quand il entra. A en juger par le bas de ses traits il avait l'air d'un homme au caractère volontaire, et même davantage, car la lèvre épaisse et pendante et le menton long et droit suggéraient la résolution portée jusqu'à l'entêtement.

– Vous avez reçu ma lettre ? demanda-t-il d'une voix profonde et dure, empreinte d'un fort accent allemand. Je vous ai dit que je vous rendrais visite.

Il nous regardait l'un après l'autre, comme s'il ne savait auquel s'adresser.

– Je vous en prie, dit Holmes, prenez un siège. Voici mon ami et collègue, le docteur Watson, qui veut bien, à l'occasion, m'aider dans mes recherches. A qui ai-je l'honneur de parler ?

– Vous pouvez me parler comme au comte von Kramm, gentilhomme bohémien. J'entends que ce monsieur, votre ami, est un homme d'honneur et discret, en qui je puis avoir confiance pour une affaire de la plus haute importance. S'il n'en était pas ainsi je préférerais ne m'entretenir qu'avec vous seul.

Je me levai pour sortir, mais Holmes me saisit le poignet et me repoussa dans mon fauteuil.

– Ce sera tous les deux ou personne, dit-il. Vous pouvez dire devant monsieur tout ce que vous pouvez me dire à moi-même.

Le comte haussa ses larges épaules.

– Je dois donc commencer, dit-il, par vous demander, sur l'honneur, le secret absolu pour une période de deux ans, au bout desquels la chose n'aura plus aucune importance. En ce moment on peut dire sans exagérer qu'elle est d'une telle portée qu'elle peut influer sur l'histoire même de l'Europe.

– Je promets, dit Holmes.

– Et moi aussi.

– Vous excuserez ce masque, continua notre étrange visiteur. L'auguste personnage qui m'emploie désire que son agent vous soit inconnu et je puis avouer tout de suite que le titre par lequel je viens de me nommer n'est pas exactement le mien.

– Je le savais, dit Holmes sèchement.

– Les circonstances sont extrêmement délicates et il faut prendre toutes les précautions pour étouffer ce qui pourrait devenir un grand scandale et compromettre sérieusement une famille régnante d'Europe. Pour vous parler franchement, la chose concerne la grande maison d'Ormstein, héritière des rois de Bohême.

– Je le savais aussi, murmura Holmes en s'installant dans son fauteuil et en fermant les yeux.

Notre visiteur regarda avec une surprise évidente le long corps apathique et nonchalant de l'homme qu'on lui avait dépeint sans doute comme un logicien mordant et comme le policier le plus dynamique d'Europe. Lentement Holmes rouvrit les yeux et regarda avec impatience son gigantesque client.

– Si Votre Majesté voulait condescendre à exposer son cas, dit-il, je serais plus en état de la conseiller.

L'homme bondit de sa chaise, et fit quelques pas dans la chambre ; il était fort agité et ne parvenait pas à se maîtriser. Alors, avec un geste de désespoir il arracha le masque qui couvrait son visage et le lança sur le plancher.

– Vous avez raison ! s'écria-t-il, je suis le roi. Pourquoi essaierais-je de le cacher ?

– Pourquoi, en effet ? Votre Majesté n'avait pas encore parlé que je savais que je m'adressais à Wilhem Gottsreich Sigismond von Ormstein, grand-duc de Cassel-Felstein et roi de Bohême.

– Mais vous pouvez comprendre, reprit notre étrange visiteur en se rasseyant et en passant la main sur son haut front blanc, vous pouvez comprendre que je n'ai pas l'habitude de traiter personnellement de pareilles affaires. Pourtant la chose était si délicate que je ne pouvais la confier à un agent sans me mettre en son pouvoir. Je suis donc venu de Prague incognito dans le but de vous consulter.

– Alors, je vous en prie, consultez, dit Holmes qui referma les yeux.

– En bref voici les faits. Il y a quelque cinq ans, pendant une longue visite à Varsovie, j'ai fait la connaissance d'Irène Adler, l'aventurière bien connue. Le nom vous est sans doute familier.

– Docteur, voulez-vous bien consulter mon répertoire, murmura Holmes, sans ouvrir les yeux.

Depuis de longues années il avait adopté un tel système de classement de toutes sortes de paragraphes de presse concernant les gens et les choses, qu'il devenait difficile de nommer un sujet ou une personne sur lesquels il ne pût sur-le-champ fournir de renseignements. Dans le cas présent je trouvai la biographie de la dame entre celle d'un rabbin et celle d'un chef d'état-major qui avait écrit une monographie des poissons des grandes profondeurs.

– Voyons !... dit Holmes. Hum ! Née dans le New Jersey en 1858. Contralto. La Scala. Hum ! Prima donna à l'opéra impérial de Varsovie. Oui ! A quitté le théâtre. Ah ! Fixée à Londres, c'est bien cela ! Votre Majesté, à ce que je comprends, s'est trouvée prise aux filets de cette jeune personne, lui a écrit quelques lettres compromettantes et désirerait maintenant ravoir ces lettres.

– Précisément, mais comment...

– Y a-t-il eu un mariage secret ?

– Non pas.

– Pas de papier, de certificats légaux ?

– Aucun.

– Alors, je ne peux suivre Votre Majesté ; si cette jeune personne sortait ses lettres, pour vous faire chanter ou pour quelque autre but, comment pourrait-elle en prouver l'authenticité ?

– Il y a l'écriture.

– Bah ! Un faux !
– Mon papier à lettres particulier.
– Volé.
– Mon propre cachet !
– Imité.
– Ma photographie.
– Achetée.
– Nous étions tous les deux sur la photographie.
– Ah ! Diable ! C'est très mauvais, ça ! Votre Majesté a commis là, en vérité, une imprudence.
– J'étais fou, j'avais perdu la tête.
– Vous vous êtes compromis sérieusement.
– Je n'étais que prince héritier à l'époque. J'étais jeune. Je n'ai que trente ans à présent.
– Il faut la reprendre.
– Nous avons essayé et nous avons échoué.
– Votre Majesté sera obligée de payer. Il faut l'acheter.
– Elle ne veut pas la vendre.
– Il faut la voler, alors.
– On l'a essayé. Deux fois des cambrioleurs ont fouillé sa maison, une fois, pendant qu'elle voyageait, on a égaré ses bagages. Deux fois on lui a tendu un guet-apens et tout cela sans résultat.
– Aucune trace de la photographie ?
– Absolument aucune.
Holmes se mit à rire.
– C'est vraiment un joli petit problème.
– Mais c'est pour moi un problème très sérieux, expliqua le roi d'un ton de reproche.
– Très sérieux, en effet. Et que compte-t-elle faire de la photographie ?
– Ma ruine.
– Mais comment ?
– Je suis sur le point de me marier.
– C'est ce que j'ai entendu dire.
– J'épouse Clotilde Lothmann de Saxe Meiningen,

seconde fille du roi de Scandinavie. Vous connaissez peut-être la rigidité de principes de cette famille. La jeune personne est, quant à elle, l'âme même de la délicatesse. L'ombre d'un doute à l'égard de ma conduite mettrait fin au projet.

– Et Irène Adler ?

– Elle menace de leur envoyer la photographie. Et elle le fera. Vous ne la connaissez pas, mais elle a une âme d'airain. Elle joint au visage de la plus belle des femmes la détermination du plus résolu des hommes. Plutôt que de me laisser épouser une autre femme, il n'y a pas une extrémité à laquelle elle ne se porterait. Pas une !

– Vous êtes sûr qu'elle ne l'a pas encore envoyée ?

– J'en suis sûr.

– Et pourquoi ?

– Parce qu'elle a déclaré qu'elle l'enverrait la veille du jour où les fiançailles seraient publiquement annoncées. Ce sera lundi prochain.

– Oh ! alors nous avons encore trois jours, dit Holmes en étouffant un bâillement. C'est très heureux, car j'ai pour le moment une ou deux affaires importantes à étudier. Votre Majesté, bien entendu, va maintenant rester à Londres ?

– Certainement. Vous me trouverez au Langham, sous le nom du comte von Kramm.

– Alors je vous enverrai deux mots pour vous informer de nos progrès.

– Faites-le, je vous en prie, je serai tout anxiété.

– Et quant à l'argent ?

– Vous avez carte blanche.

– Absolument ?

– Je vous dis que je donnerais une des provinces de mon royaume pour avoir cette photographie.

– Et pour les dépenses présentes ?

Le roi sortit de dessous son manteau une lourde sacoche en peau de chamois et la posa sur la table.

– Il y a là trois cents livres en or et sept cents en billets, dit-il.

Holmes griffonna un reçu sur une feuille de son carnet et le lui mit en main.

– Et l'adresse de mademoiselle ? demanda-t-il.

– Briony Lodge, Serpentine Avenue, St. John's Wood.

Holmes en prit note.

– Une question encore, dit-il d'un air soucieux. La photographie était-elle d'un format d'album ?

– Oui.

– Alors, bonne nuit, Majesté, et je crois que nous aurons bientôt de bonnes nouvelles pour vous. Bonne nuit aussi, Watson, ajouta-t-il, comme les roues du landau royal roulaient dans la rue. Si vous voulez bien venir demain après-midi, à trois heures, j'aimerais bavarder un peu avec vous de cette petite affaire.

2

A trois heures exactement j'étais à Baker Street, mais Holmes n'était pas encore rentré. La logeuse m'informa qu'il avait quitté la maison peu après huit heures du matin. Je m'assis, toutefois, près du feu, avec l'intention de l'attendre, quelque long qu'il pût être à revenir. J'étais déjà profondément intéressé par son enquête ; bien qu'elle n'offrît pas les aspects étranges et lugubres dont s'entouraient les deux grands crimes que j'ai déjà racontés, la nature de l'affaire et la situation élevée de son client lui donnaient cependant un caractère particulier. En vérité, en dehors de la nature de l'enquête prise en main par mon ami, il y avait dans sa façon de saisir et de dominer la situation et dans sa manière incisive et pénétrante de raisonner quelque chose qui faisait que j'éprouvais un vif agrément à étudier son système de travail et à suivre les méthodes rapides et subtiles grâce auxquelles il débrouillait les mystères les plus compliqués. J'étais si habitué à ses invariables succès que la seule possibilité d'un échec avait cessé de m'effleurer l'esprit.

Il me fallut attendre jusqu'à près de quatre heures avant que la porte ne s'ouvrît. Un palefrenier rougeaud, hirsute et qui portait des favoris, entra dans la pièce. Il semblait pris de boisson et, tout accoutumé que je fusse aux aptitudes étonnantes de mon ami à employer des déguisements, je dus y regarder à deux fois avant d'être certain que c'était bien lui. Il me fit un signe de tête et disparut dans sa chambre, d'où il sortit cinq minutes plus tard, vêtu d'un costume en drap écossais et aussi respectable que d'habitude. Ayant fourré ses mains dans ses poches, il allongea ses jambes devant le feu et se mit à rire pendant quelques instants.

– Eh bien ! ça alors ! s'écria-t-il, suffoquant et se reprenant à rire au point d'en tomber à la renverse, quasi inerte dans son fauteuil.

– Qu'y a-t-il ?

– C'est par trop drôle ! Je suis sûr que vous ne pourriez jamais deviner comment j'ai employé ma matinée ni ce que j'ai fini par faire. Je suis sorti un peu après huit heures du matin, déguisé en palefrenier sans travail. Il existe entre ces hommes de cheval une sympathie merveilleuse et une sorte de franc-maçonnerie. Devenez l'un d'eux et vous saurez bientôt tout ce qu'on peut savoir. J'ai donc trouvé Briony Lodge. C'est un bijou de villa avec un jardin par-derrière, mais bâtie en retrait en face de la route. Elle a deux étages. Et quelle serrure ! Un grand studio à droite, bien meublé, avec de hautes fenêtres qui descendent presque jusqu'au plancher et qui comportent de ces absurdes fermetures anglaises qu'un enfant même pourrait ouvrir. Derrière, il n'y avait rien de remarquable, si ce n'est que du sommet de la remise on pouvait atteindre la fenêtre du couloir. J'en ai fait le tour, et je l'ai examiné de près à tous les points de vue, mais sans rien observer d'autre qui fût intéressant.

« J'ai, alors, descendu la rue en flânant et j'ai trouvé, comme je m'y attendais, qu'il y avait une écurie dans une ruelle qui court le long d'un des murs du jardin. J'ai donné un coup de main aux valets d'écurie pour bouchonner leurs chevaux et, en échange, j'ai reçu quatre sous, un verre de whisky, deux pipes de gros, et autant de renseignements que j'en pouvais désirer sur Mlle Adler, sans parler de ceux qu'on m'a fournis concernant une demi-douzaine d'autres personnes du voisinage auxquelles je ne m'intéressais pas le moins du monde, mais dont je fus contraint d'écouter les biographies.

– Et qu'avez-vous appris d'Irène Adler ?

– Oh ! Elle a tourné toutes les têtes des hommes de là-bas. C'est la plus délicate créature qu'un béguin ait jamais coiffée sur cette planète. Elle mène une vie tranquille, chante dans des concerts, sort en voiture tous les jours à cinq heures et rentre à sept exactement pour le dîner. Elle sort rarement à d'autres heures, excepté quand elle chante. Un seul homme lui rend visite, mais elle le voit beaucoup. Il est brun, beau et élégant. Il vient toujours au moins une fois par jour et souvent deux fois. C'est un M. Godefroy Norton, membre du barreau. Et voyez l'avantage d'être dans les confidences d'un cocher : ceux-ci l'avaient, des écuries de Briony Lodge, ramené chez lui une douzaine de fois et ils n'ignoraient rien de ce qui le concerne. Quand j'ai eu écouté tout ce qu'ils avaient à dire, je me suis promené de nouveau du côté de la villa et j'ai médité mon plan de campagne.

« Ce Godefroy Norton était évidemment un facteur important dans l'affaire. C'était un homme de loi. Ça sonnait mal. Quelle relation y avait-il entre eux et quel était l'objet de ses fréquentes visites ? Etait-elle sa cliente, son amie ou sa maîtresse ? Dans le premier cas, sans doute avait-elle confié la photographie à sa garde. Dans le dernier cas c'était moins vraisemblable. Devais-je continuer de travailler à Briony Lodge ou bien devais-je tourner mon attention vers le logis du monsieur dans le quartier que hantent les avocats ? Cela dépendait de la réponse que je ferais à mes propres questions. C'était un point délicat et il élargissait le champ de mes recherches. J'ai peur de vous ennuyer avec ces détails, mais il faut que je vous fasse voir mes petites difficultés, si je veux que vous compreniez la situation.

– Je vous suis de très près.

– Je pesais encore la chose dans mon esprit quand un fiacre s'approcha de Briony Lodge et quand un monsieur en sortit vivement. C'était un garçon d'une grande beauté, brun, avec un nez aquilin et une moustache – évidemment l'homme dont on m'avait parlé. Il avait l'air très pressé, cria au cocher d'attendre et passa rapidement devant la bonne qui ouvrit la porte, en gaillard qui se sent tout à fait chez lui.

« Il resta dans la maison à peu près une demi-heure et je pus l'apercevoir aux fenêtres du studio, qui marchait de long en large et parlait avec animation en agitant les bras. D'elle, je ne pus rien voir. Bientôt après il ressortit, l'air encore plus pressé que tout à l'heure. En montant dans le fiacre, il tira de sa poche une montre en or et la considéra très attentivement. "Allez comme le diable, cria-t-il, d'abord chez Gross et Hankey, dans Regent Street, et de là à l'église Sainte-Monique, dans Edgware Road. Une demi-guinée pour vous si vous y êtes en vingt minutes."

« Et les voilà partis, et je me demandais si je ne ferais pas bien de les suivre quand, remontant la ruelle, arrive un joli petit landau, le cocher avec son habit à moitié boutonné et sa cravate sous l'oreille, cependant que les ardillons des harnais n'étaient que bien juste assujettis. Il n'était pas arrêté qu'elle sortait comme un trait par la porte du vestibule et s'engouffrait dans la voiture. Je ne fis que l'apercevoir à ce moment-là, mais c'était une femme adorable, avec un visage pour lequel un homme se ferait tuer. "L'église Sainte-Monique, Jean, cria-t-elle, et un demi-souverain pour vous si vous y arrivez en vingt minutes."

« Ça, c'était trop bon pour le rater, Watson. J'hésitais, ne sachant si j'allais courir ou si je me percherais derrière son landau, quand un fiacre passa dans la rue. Le cocher regarda à deux fois le client déguenillé que j'étais, mais je sautai dans sa voiture avant qu'il pût me faire une objection. "Eglise Sainte-Monique, dis-je, et un demi-souverain si vous y arrivez en vingt minutes." Il était midi moins vingt-cinq et, naturellement, ce qui se manigançait était tout clair.

« Mon cocher arriva le dernier. Je ne pense pas avoir jamais roulé plus vite, mais les autres étaient là avant nous. Le fiacre et le landau, avec leurs chevaux fumants, se trouvaient devant la porte quand je suis arrivé. J'ai payé mon homme et je me suis précipité dans l'église. Il n'y avait pas une âme dedans, excepté les deux personnes que j'avais suivies et un prêtre en surplis qui semblait discuter avec elles. Tous trois formaient un groupe devant l'autel. Je flânais sur un des bas-côtés, comme un promeneur oisif entré à l'église par accident. Soudain, à ma grande surprise, les trois personnages de l'autel se tournèrent de mon côté et Godefroy Norton vint en courant vers moi, aussi vite qu'il le pouvait.

– Dieu merci ! s'exclama-t-il, vous ferez l'affaire. Venez ! Venez !

– Mais quoi donc ? demandai-je.

– Venez, l'ami, venez ! rien que trois minutes ou bien ça ne sera pas valable.

– Je fus à moitié entraîné vers l'autel et avant de savoir où j'étais, je me trouvais en train de marmonner des réponses qu'on me chuchotait à l'oreille, de me porter garant de choses dont j'ignorais tout et d'aider, d'une façon générale, à unir étroitement par les liens du mariage Irène Adler, demoiselle, à Godefroy Norton, célibataire. Ce fut fait en un instant et le monsieur était là à me remercier d'un côté, la dame de l'autre tandis qu'en face le clergyman rayonnait en me regardant. C'est la situation la plus absurde dans laquelle je me suis jamais trouvé de ma vie et c'est cette pensée qui, tout à l'heure, me faisait rire encore. Il paraît qu'en raison d'un vice de forme quelconque dans leur licence de mariage, le clergyman refusait absolument de les marier sans témoin, de sorte que mon apparition providentielle épargna au fiancé le désagrément de sortir dans la rue à la recherche d'un garçon d'honneur. La fiancée m'a donné un souverain et je veux le porter toujours à ma chaîne de montre en souvenir de l'événement.

– L'affaire, dis-je, a pris là une tournure très inattendue. Et après ?

– Eh bien ! j'ai trouvé mes plans très sérieusement menacés. Le couple semblait capable de partir sur-le-champ, ce qui allait nécessiter de ma part des mesures promptes et énergiques. Toutefois, à la porte de l'église, ils se quittèrent, lui retournait en voiture dans son quartier de légistes et elle à sa villa. « Je ferai ma promenade au parc comme d'habitude », dit-elle, et elle le quitta. Je n'en entendis pas davantage. Ils s'en allèrent l'un d'un côté, l'autre de l'autre, et je m'en fus prendre mes dispositions.

– C'est-à-dire ?

– Quelques tranches de bœuf froid et un verre de bière, répondit-il en sonnant. J'ai été trop occupé pour songer à manger et vraisemblablement je serai plus occupé encore ce soir. A propos, docteur, j'aurai besoin de votre concours.

– J'en serai enchanté.

– Ça vous est égal de violer la loi ?

– Absolument.

– Et de courir le risque d'être arrêté ?

– Oui, pour une bonne cause.

– Oh ! la cause est excellente !

– Alors je suis votre homme.

– J'étais sûr que je pourrais compter sur vous.

– Mais que désirez-vous?

– Quand Mme Turner aura servi, je vous l'expliquerai. Maintenant, dit-il, tout en attaquant avec appétit la simple collation que notre hôtesse avait apportée, il faut que je vous expose les choses en mangeant, car je n'ai guère de temps. Il est presque cinq heures à présent. Dans deux heures il nous faudra être sur le lieu de l'action. Mlle Irène, ou plutôt Madame rentre de promenade. Il faut que nous soyons à Briony Lodge pour la rencontrer.

– Et alors ?

– Il faut vous en remettre à moi. J'ai déjà arrangé ce qui doit arriver. Il n'y a qu'un point, un seul, sur lequel il faut que j'insiste. Vous ne devrez pas intervenir, quoi qu'il arrive. C'est compris ?

– Je dois rester neutre.

– Ne rien faire, absolument rien. Il y aura sans doute quelques incidents désagréables. Ne vous en mêlez point. Cela se terminera par mon transport dans la maison. Quatre ou cinq minutes après, la fenêtre du studio s'ouvrira. Vous devrez vous tenir tout près de cette fenêtre ouverte.

– Oui.

– Vous me surveillerez, car vous pourrez me voir.

– Oui.

– Et quand je lèverai la main – comme cela – vous jetterez dans la pièce ce que je vous donnerai à jeter et en même temps, vous crierez « au feu ! ». Vous me suivez bien ?

– Tout à fait.

– Ce n'est rien de bien terrible, dit-il, cependant qu'il tirait de sa poche un long rouleau qui avait la forme d'un cigare. C'est une banale fusée fumigène de plombier ; elle est garnie, à chaque extrémité, d'une capsule automatiquement inflammable. C'est à cela que se borne votre tâche. Quand vous pousserez le cri : « Au feu ! » il sera repris par bon nombre de gens. Vous pourrez alors vous en aller tout doucement jusqu'au bout de la rue et je vous y rejoindrai dix minutes plus tard. J'espère m'être fait bien comprendre ?

– Je dois demeurer neutre, m'approcher de la fenêtre, vous surveiller et, au signal, jeter à l'intérieur cet objet, puis crier « au feu » et vous attendre au bout de la rue.

– Exactement.

– Vous pouvez donc compter entièrement sur moi.

– Voilà qui est excellent. Je crois qu'il doit être temps de me préparer au nouveau rôle que je dois jouer.

Il disparut dans sa chambre à coucher et en revint quelques minutes après, sous l'aspect d'un clergyman non conformiste aimable et débonnaire. Son grand chapeau noir, son pantalon ample, sa cravate blanche, son sourire sympathique et tout son air de curiosité évidente mais bienveillante étaient si bien typés que seul un grand acteur aurait pu rivaliser avec lui. Holmes n'avait pas seulement changé de costume. Son expression, son allure, son âme même semblaient changer avec tout nouveau rôle assumé. Le théâtre a perdu un bel acteur, tout comme la science a perdu un chercheur perspicace, quand il est devenu spécialiste du crime.

Il était six heures et quart quand nous sommes partis de Baker Street et sept heures moins dix quand nous nous sommes trouvés dans Serpentine Avenue. Il faisait déjà sombre et on commençait à allumer les lampes tandis que nous faisions les cent pas devant Briony Lodge en attendant le retour de la dame qui l'occupait. La maison était bien telle que je me l'étais représentée d'après la description succincte de Sherlock Holmes mais le voisinage me parut moins bourgeois que je ne l'attendais. Au contraire, pour une petite rue dans un quartier tranquille, elle était remarquablement animée. Il y avait là un groupe d'hommes aux vêtements usés qui fumaient et riaient, un rémouleur avec sa roue, deux soldats qui plaisantaient avec une nourrice et plusieurs jeunes gens qui flânaient, allant et venant, le cigare à la bouche.

– Vous voyez, observa Holmes, pendant que nous nous promenions en face de la maison, ce mariage simplifie plutôt les choses. La photographie devient à présent une arme à deux tranchants. Il y a des chances pour que la dame ne tienne pas plus à ce que M. Godefroy Norton voie la photographie que notre client ne tient à ce qu'elle vienne sous les yeux de sa princesse. A présent la question est : Où devons-nous chercher la photographie ?

– Oui, où, en effet ?

– Il est tout à fait invraisemblable qu'elle la porte sur elle. D'un format d'album elle est trop grande pour qu'il soit facile de la cacher dans un vêtement de femme. Elle sait que le roi est capable de lui tendre un guet-apens et de la faire fouiller. Deux tentatives de ce genre ont déjà été faites sans succès. Nous pouvons donc admettre qu'elle ne la porte pas sur elle.

– Où, alors ?

– Son banquier ou son homme de loi. C'est une double possibilité. Mais je suis porté à croire que ni l'un ni l'autre ne la détient. Les femmes ont naturellement tendance aux cachotteries et elles aiment garder elles-mêmes leurs choses secrètes. Pourquoi la confierait-elle à quelqu'un d'autre ? Elle peut avoir confiance en elle-même pour la garder, mais il lui est impossible de prévoir quelle pression indirecte ou politique on pourrait exercer sur un homme d'affaires. Rappelez-vous, en outre, qu'elle a pris la résolution de s'en servir d'ici quelques jours. Il faut donc que la photographie se trouve là où elle peut mettre la main dessus. Elle doit être dans la maison.

– Mais on l'a cambriolée deux fois.

– Bah ! Les cambrioleurs n'ont pas su chercher.

– Mais comment chercherez-vous ?

– Je ne chercherai pas.

– Comment, alors ?

– Je l'amènerai à me la montrer.
– Mais elle refusera.
– Elle ne le pourra pas. Mais j'entends un bruit de roues. C'est sa voiture. Exécutez maintenant mes ordres à la lettre.

Comme il disait ces mots la lueur des lanternes d'une voiture apparut dans la courbe de l'avenue. C'était un coquet petit landau qui s'approcha bruyamment de la porte de Briony Lodge. Quand il s'arrêta, un des flâneurs qui se trouvaient dans le coin se précipita vivement pour ouvrir la portière dans l'espoir de gagner quelques sous, mais il fut bousculé par un autre qui accourait dans les mêmes intentions. Une vive querelle éclata qu'augmenta encore l'arrivée des deux soldats qui prirent parti pour l'un des flâneurs et par le rémouleur qui n'était pas moins prompt à prendre parti pour l'autre. Un coup fut porté et, en un instant, la dame, descendue de sa voiture, se trouva au centre d'un petit groupe d'hommes qui se battaient et qui se frappaient sauvagement à coups de poing et à coups de canne. Holmes se précipita dans la mêlée pour la protéger mais, juste au moment où il parvenait près d'elle, il poussa un cri et tomba par terre, le visage inondé de sang. A cette vue, les soldats s'enfuirent à toute vitesse dans une direction, les flâneurs dans une autre, tandis que des gens mieux habillés qui avaient regardé l'échauffourée sans y prendre part s'empressaient, nombreux, pour aider la dame et s'occuper du blessé. Irène Adler (comme je continuerai à l'appeler) avait, en toute hâte, gravi les marches du perron ; mais elle restait debout sur la dernière marche et, sa superbe silhouette se détachant devant les lumières du vestibule, elle regardait derrière elle dans la rue.

– Ce pauvre monsieur est-il gravement blessé ? demanda-t-elle.
– Il est mort ! s'écrièrent plusieurs voix.
– Non, non ! il vit encore, cria une autre, mais il passera avant qu'on puisse le transporter à l'hôpital.

– C'est un brave ! dit une femme. Sans lui, ils auraient pris le porte-monnaie et la montre de cette dame. C'était une bande et une rude, qui plus est ! Ah ! voilà qu'il respire, maintenant.

– Il ne peut pas rester couché là dans la rue. Pouvons-nous le porter à l'intérieur, madame ?

– Bien sûr. Apportez-le dans le studio. Il y a un divan confortable. Par ici, s'il vous plaît.

Lentement et solennellement on le porta dans Briony Lodge, on l'étendit dans la pièce principale tandis que, de mon poste à proximité de la fenêtre, j'observais ce qui se passait. On avait allumé les lampes, mais on n'avait pas tiré les stores, de sorte que je pouvais voir Holmes couché sur le divan. Je ne sais si, à ce moment-là, il éprouva du remords de la comédie qu'il jouait, mais je sais que, pour ma part, de ma vie je ne me suis jamais senti plus sincèrement honteux que lorsque je vis la splendide créature contre qui je conspirais s'occuper du blessé avec autant de grâce que de bonté. Pourtant c'eût été trahir bassement Holmes que de me soustraire au rôle qu'il m'avait confié. J'endurcis mon cœur et je sortis de dessous mon pardessus la fusée fumigène. « Après tout, pensais-je, nous ne lui faisons pas de tort, nous ne faisons que l'empêcher de nuire à autrui. »

Holmes s'était assis sur le divan, et je le vis esquisser le mouvement d'un homme qui suffoque. Une bonne traversa la pièce à la hâte et, vivement, ouvrit la fenêtre. Au même instant je vis Holmes lever la main et à ce signal je lançai ma fusée dans la chambre en criant : « Au feu ! » Les mots étaient à peine sortis de ma bouche que toute la foule des spectateurs, qu'ils fussent bien habillés ou guenilleux, hommes du monde, palefreniers ou servantes, s'unissaient pour hurler tous : « Au feu ! » D'épais nuages de fumée montaient, ondoyaient dans la pièce et sortaient par la fenêtre ouverte. J'aperçus des silhouettes qui se précipitaient et, un instant après, j'entendis la voix de Sherlock Holmes qui, de l'intérieur, assurait que c'était une fausse alerte. Je me faufilai alors parmi la foule hurlante, et je me dirigeai vers le coin de la rue. Dix minutes après, je vis avec satisfaction mon ami passer son bras sous le mien et nous nous éloignâmes du théâtre de tout ce vacarme. Pendant quelques minutes il marcha d'un pas pressé et silencieux. Puis, lorsque nous eûmes tourné une des paisibles rues transversales qui mènent vers Edgware Road :

– Vous vous en êtes très bien tiré, docteur, remarqua-t-il. On n'aurait pu mieux faire. C'est très bien !

– Vous avez la photographie ?

– Je sais où elle est.

– Et comment l'avez-vous trouvée ?

– Elle me l'a montrée, comme je vous avais dit qu'elle le ferait.

– Je suis toujours dans le noir.

– Je ne veux pas vous en faire un mystère, dit-il en riant ; la chose était parfaitement simple. Vous avez vu, bien sûr, que tout le monde, dans la rue, était complice. Je les avais tous engagés pour la soirée.

– Ça, je l'ai deviné.

– Alors, quand la bagarre a éclaté j'avais un peu de couleur fraîche dans la paume de ma main. Je me suis précipité en avant, je suis tombé, j'ai passé vivement ma main sur mon visage et je suis devenu bien piteux à voir. C'est une vieille ruse.

– De cela aussi j'ai pu me rendre compte.

– Alors on m'a porté à l'intérieur. Elle ne pouvait pas ne pas me faire entrer. Qu'aurait-elle pu faire d'autre ? Et me faire entrer dans son studio qui était la pièce même que je soupçonnais. C'était ou cette pièce-là, ou sa chambre à coucher, et j'étais résolu à savoir laquelle. On m'a déposé sur un divan, j'ai fait signe que je manquais d'air, il fallait bien ouvrir la fenêtre et alors vous avez eu votre chance.

– En quoi cela vous a-t-il aidé ?

– C'était très important. Quand une femme pense que

sa maison brûle, son instinct est tout de suite de se précipiter vers ce à quoi elle tient le plus. C'est un élan qui l'emporte sur tout, et j'en ai plus d'une fois profité. Dans le cas du scandale de substitution de personne à Darlington cela m'a servi et aussi dans l'affaire du château d'Arnsworth. Une femme mariée s'empare de son bébé, une femme qui ne l'est pas court à son coffret à bijoux. Or, il était clair pour moi que notre dame d'aujourd'hui n'avait dans la maison rien de plus précieux que ce que nous cherchons. Elle se précipiterait pour le sauver. L'alerte d'incendie a été admirablement donnée. La fumée et les cris auraient pu ébranler des nerfs d'acier. Elle a admirablement répondu à mon attente. La photographie est dans une cachette, derrière un panneau à glissière, juste au-dessus du cordon de sonnette à droite. La dame y bondit en un clin d'œil et j'ai aperçu l'image quand elle l'en retirait. Quand j'ai crié que c'était une fausse alerte, elle l'a remise à sa place, elle a regardé la fusée, puis elle est sortie vivement de la pièce et je ne l'ai plus revue. Je me suis levé et, tout en faisant mes excuses, je me suis échappé de la maison. J'ai hésité, me demandant si je devais essayer de m'assurer de la photo sur-le-champ, mais le cocher était entré et, comme il me surveillait de près, il m'a paru plus sage d'attendre. Un peu trop de précipitation aurait tout gâché.

– Et maintenant ?

– Pratiquement notre enquête est finie. Demain je lui rendrai visite avec le roi, et avec vous, s'il vous plaît de nous accompagner. On nous introduira dans le studio pour attendre la dame, mais il est probable que lorsqu'elle viendra, elle ne trouvera plus ni nous ni la photographie. Ce pourrait être une satisfaction pour le roi de la récupérer de ses propres mains.

– Et quand lui rendrez-vous visite ?

– A huit heures du matin. Elle ne sera pas levée, de sorte que nous aurons le champ libre. D'ailleurs il faut agir vite car ce mariage peut impliquer un changement complet dans sa vie et ses habitudes. Il faut que je télégraphie au roi sans retard.

Nous étions parvenus à Baker Street et nous nous étions arrêtés à la porte. Il cherchait ses clés dans sa poche quand quelqu'un passa et dit :

– Bonne nuit, monsieur Sherlock Holmes !

Il y avait plusieurs personnes sur le trottoir à ce moment-là, mais ce salut semblait venir d'un jeune homme svelte qui était passé très vite.

– J'ai déjà entendu cette voix, dit Holmes en regardant la rue faiblement éclairée. Je me demande qui diable ça pouvait bien être ?

3

J'ai couché cette nuit-là à Baker Street et nous étions le matin en train de déguster notre café avec des rôties beurrées quand le roi de Bohême est entré en trombe dans la pièce.

– Vous l'avez vraiment ? s'écria-t-il en saisissant Sherlock Holmes par les deux épaules et en le regardant anxieusement bien en face.

– Pas encore.

– Mais vous espérez l'avoir ?

– Je l'espère.

– Alors venez. Je ne tiens pas en place. Il me tarde de partir.

– Il nous faut un fiacre.

– Non, ma voiture attend.

– Ça simplifiera donc les choses.

Nous sommes descendus et tout de suite nous sommes partis pour Briony Lodge.

– Irène Adler est mariée, remarqua Holmes.
– Mariée ? Depuis quand ?
– Hier.
– Mais avec qui ?
– Avec un homme de loi anglais, du nom de Norton.
– Mais elle ne saurait l'aimer.
– J'espère qu'elle l'aime.
– Et pourquoi l'espérez-vous ?
– Parce que cela épargnerait à Votre Majesté toute crainte d'ennui à l'avenir. Si la dame aime son mari, elle n'aime pas Votre Majesté. Si elle n'aime pas Votre Majesté, il n'y a pas de raison qu'elle contrarie le projet de Votre Majesté.
– C'est vrai. Et pourtant... Ah ! j'aurais voulu qu'elle fût de mon propre sang. Quelle reine elle aurait fait !
Il retomba dans un silence maussade qu'il ne rompit que lorsque nous arrivâmes à Serpentine Avenue.
La porte de Briony Lodge était ouverte et une femme d'un certain âge était plantée en haut du perron. Elle nous regarda d'un œil ironique pendant que nous descendions de la voiture.
– Monsieur Sherlock Holmes, sauf erreur ? dit-elle.
– Je suis M. Holmes, répondit mon compagnon en la considérant avec un regard interrogateur et plutôt étonné.
– En effet ! Ma maîtresse m'a dit que très probablement vous lui rendriez visite. Elle est partie de Charing Cross ce matin pour le Continent, par le train de 5 h 15, en compagnie de son mari.
– Quoi ! (Sherlock Holmes, pâle de déception et de surprise, fit en arrière un pas incertain.) Est-ce à dire qu'elle a quitté l'Angleterre ?
– Pour n'y jamais revenir.
– Et les papiers ? demanda le roi d'une voix rauque. Tout est perdu !
– Nous verrons bien !
Holmes écarta la domestique et se précipita dans le

salon, suivi du roi et de moi-même. Les meubles étaient dispersés de droite et de gauche, les étagères étaient dégarnies et les tiroirs ouverts, comme si la dame avait tout fouillé avant de fuir. Holmes se hâta de courir au cordon de sonnette, arracha brusquement le petit volet à glissière et plongeant la main dans la cachette en tira une photographie et une lettre. La photographie était celle d'Irène Adler elle-même en robe du soir ; la lettre était adressée à : « *M. Sherlock Holmes – Poste restante.* » Mon ami déchira l'enveloppe et tous les trois nous la lûmes ensemble. Elle était datée de minuit cette nuit-là et ainsi conçue :

« *Mon cher Monsieur Sherlock Holmes – vous avez vraiment bien joué. J'y ai été complètement prise. Ce n'est qu'après que fut donnée l'alerte de l'incendie que m'est venu un soupçon. Mais j'ai découvert alors en quoi je m'étais trahie et j'ai commencé à réfléchir. On m'avait mise en garde contre vous il y a des mois. On m'avait dit que si le roi employait un agent, ce serait sûrement vous et on m'avait donné votre adresse. Pourtant, en dépit de tout cela, vous m'avez fait vous révéler ce que vous vouliez savoir. Même après que j'eus conçu des soupçons, j'éprouvais quelque scrupule à penser du mal d'un si gentil, si bon vieux clergyman. Mais, vous le savez, j'ai moi-même été rompue au métier d'actrice. Le costume masculin n'est pas une nouveauté pour moi. J'ai souvent profité de la liberté qu'il donne. J'ai donc envoyé Jean, mon cocher, vous surveiller, je suis montée au premier, j'ai revêtu ce que j'appelle mon costume de promenade, et je suis redescendue juste au moment où vous vous en alliez.*

« *Eh bien, je vous ai suivi jusqu'à votre porte et je me suis ainsi assurée que c'était bien l'illustre M. Sherlock Holmes qui s'intéressait à moi. Alors, assez imprudemment, je vous ai souhaité une bonne nuit et je suis allée au domicile de mon mari.*

« *Tous les deux nous avons pensé que ce qu'il y avait*

de mieux à faire quand un adversaire aussi formidable vous poursuit c'était de fuir ; vous trouverez donc le nid vide, quand vous viendrez, demain. Quant à la photographie, votre client peut dormir en paix. Je suis aimée par un homme qui vaut mieux que lui. Le roi pourra faire ce qu'il lui plaira sans qu'une femme qu'il a cruellement offensée y mette obstacle. Je la garde seulement comme une protection et je conserve ainsi une arme qui me garantira toujours contre toute démarche qu'il pourrait faire à l'avenir. Je laisse une photographie qu'il aimera peut-être avoir et je reste, cher monsieur Sherlock Holmes, votre toute dévouée.

Irène NORTON, née ADLER. »

– Quelle femme ! Oh ! quelle femme ! s'écria le roi de Bohême quand nous eûmes tous les trois achevé la lecture de cette lettre. Ne vous avais-je pas dit à quel point elle était vive et résolue ! N'aurait-elle pas fait une reine admirable ? Quel dommage, hein, qu'elle n'ait pas été du même niveau social que moi ?

– D'après ce que j'ai vu de cette dame, elle semble, en effet, être d'un niveau différent de celui de Votre Majesté, dit Holmes avec froideur. Je suis désolé de n'avoir pu mener cette affaire de Votre Majesté à une fin plus heureuse.

– Au contraire, cher monsieur, nulle fin ne pouvait être plus heureuse. Je sais que sa parole sera tenue. La photographie est à présent si bien en sûreté que ce ne serait pas mieux si elle était brûlée.

– Je suis heureux d'entendre Votre Majesté parler ainsi.

– J'ai envers vous une dette immense. Je vous en prie, dites-moi comment je puis vous récompenser... Cet anneau...

Il fit glisser de son doigt une bague qui représentait un serpent enroulé et qu'enrichissait une émeraude. Il la prit dans le creux de sa main et la tendit à Holmes.

– Votre Majesté a un objet que j'apprécierai bien davantage, dit celui-ci.

– Vous n'avez qu'à le nommer.

– Cette photographie.

Etonné, le roi le regarda en s'écriant :

– La photographie d'Irène ? Certainement, si vous la désirez.

– Je remercie Votre Majesté. Voilà qui termine cette affaire. J'ai l'honneur de vous souhaiter le bonjour.

Il s'inclina et, se détournant sans paraître remarquer la main que le roi lui tendait, il partit en ma compagnie dans la direction de Baker Street.

Et voilà comment un grand scandale menaça de troubler la Bohême, comment les plans les plus habiles de M. Sherlock Holmes furent déjoués par l'astuce d'une femme. Il avait l'habitude de se moquer un peu de la rouerie des femmes mais, depuis quelque temps, il s'en est abstenu. Et lorsqu'il parle d'Irène Adler ou qu'il fait allusion à sa photographie, c'est toujours en lui décernant ce titre d'honneur : *La Femme.*

La femme du début
du livre * p. 5

PETER LE NOIR

Je n'ai jamais connu mon ami en meilleure forme, tant mentale que physique, qu'au cours de l'année 1895. Sa réputation grandissante lui avait amené une clientèle immense et je me rendrais coupable d'indiscrétion si je me bornais même à suggérer l'identité de certains des illustres clients qui franchirent notre humble seuil de Baker Street. Holmes, néanmoins, comme tous les grands artistes, vivait pour son art et, sauf dans le cas du duc d'Holdernesse, je ne l'ai que rarement vu réclamer une rétribution considérable pour ses inestimables services. Il était si détaché des biens de ce monde – ou si capricieux – qu'il a fréquemment refusé son aide à des personnes riches et puissantes quand le problème ne lui disait rien, tandis qu'il lui arrivait de consacrer des semaines d'intense concentration aux affaires de quelque humble client dont le cas présentait ces conditions d'étrangeté et cette atmosphère dramatique qui stimulaient son imagination et mettaient à l'épreuve sa perspicacité.

En cette mémorable année 1895, une curieuse et disparate succession d'affaires avait retenu son attention. Elle allait de sa fameuse enquête sur la mort subite du cardinal Tosca – investigations menées sur le désir exprès de notre Saint-Père le pape – à l'arrestation de Wilson, le célèbre dresseur de serins, qui délivra les bas quartiers de Londres d'une abominable plaie. Presque immédiatement après ces deux affaires sensationnelles survint la tragédie de Woodman's Lee et les ténébreuses circonstances qui entourèrent la mort du capitaine Peter Carrey. Un exposé des exploits de M. Sherlock Holmes ne serait pas complet sans un récit de cette affaire tout à fait exceptionnelle.

Pendant la première semaine de juillet, mon ami avait été si souvent et si longtemps absent de notre appartement que je savais qu'il avait quelque chose en train. Le fait que plusieurs gaillards de mauvaise mine étaient venus, au cours de cette période, demander le capitaine Basil, m'avait donné à entendre que Holmes travaillait quelque part sous l'un des nombreux noms et déguisements qui lui servaient à dissimuler sa formidable personnalité. Il possédait dans différents points de Londres cinq petits refuges au moins dans lesquels il était à même de changer d'identité. Il ne m'avait rien dit de l'affaire en question et il n'était pas dans mes habitudes de le contraindre à des confidences. Le premier signe positif qu'il me donna de la direction dans laquelle s'orientaient ses investigations fut vraiment extraordinaire. Il était parti avant le petit déjeuner et je m'étais assis à table pour ce repas matinal quand il entra à grands pas dans la pièce, le chapeau sur la tête et en tenant sous son bras, comme un parapluie, une lance énorme et à la pointe hérissée de barbes.

– Grand Dieu, Holmes ! m'écriai-je, est-ce à dire que vous vous êtes promené dans Londres avec ça ?

– Jusque chez le boucher et retour, oui.

– Chez le boucher ?

– Et j'en reviens avec un excellent appétit. On ne saurait mettre en doute, Watson, la valeur d'un peu d'exercice avant le petit déjeuner. Mais je suis prêt à parier que vous ne devinerez jamais de quelle nature fut l'exercice que j'ai pris.

– Je n'essaierai même pas.

Il se mit à rire tout en se versant du café.

– Si vous aviez pu regarder dans l'arrière-boutique d'Allardyce, vous auriez pu voir un cochon mort pendu à un croc au plafond, et un monsieur en manches de chemise en train de le perforer furieusement avec l'arme en question. Cette personne énergique, c'était moi, et j'ai acquis la conviction qu'il n'y a pas de déploiement de force qui tienne pour traverser un cochon de part en part d'un seul coup. Ça vous dirait peut-être quelque chose de vous y essayer ?

– Pas pour un empire. Et pourquoi ces essais ?

– Parce que j'avais l'impression que cela aurait une répercussion indirecte sur le mystère de Woodman's Lee. Ah ! Hopkins, j'ai reçu votre télégramme hier soir et je vous attendais. Prenez donc quelque chose avec nous.

Le visiteur à qui s'adressaient ces paroles était un homme extrêmement alerte, d'une trentaine d'années et vêtu d'un complet de drap d'Ecosse fort discret ; il conservait toutefois le port et la raideur des gens qui revêtent d'ordinaire un uniforme. Je le reconnus aussitôt comme étant Stanley Hopkins, un jeune inspecteur de police sur l'avenir duquel Holmes entretenait de grandes espérances et qui, en retour, professait l'admiration et le respect d'un disciple pour les méthodes scientifiques du célèbre détective amateur. Le front d'Hopkins était sombre et il s'assit d'un air profondément dégoûté.

– Non merci, monsieur. J'ai déjeuné avant de venir. J'ai passé la nuit à Londres, car je suis venu hier faire mon rapport.

– Et qu'aviez-vous à rapporter ?

– Un échec, monsieur. Un échec total.

– Vous n'avez pas progressé ?

– Pas du tout.

– Aïe, aïe, aïe ! Il va falloir que je voie ça !

– Je le voudrais bien, monsieur Holmes. C'est la première belle occasion qu'on me donne et me voici à bout de ressources. Je serais joliment heureux si vous veniez me donner un coup de main.

– Eh bien, il se trouve que j'ai déjà lu avec soin tous les éléments d'informations qu'on possède, y compris le compte rendu de l'enquête. Au fait, quel compte tenez-vous de la blague à tabac trouvée sur le théâtre du crime ? N'y a-t-il pas là un indice ?

Hopkins eut l'air surpris.

– C'était celle de la victime, monsieur. Il y avait ses initiales dedans. Et elle était en peau de phoques ; or, c'était un chasseur de phoques.

– Mais il n'avait pas de pipe.

– Non, monsieur, nous n'avons pas trouvé de pipe ; le fait est qu'il fumait fort peu. Mais il peut, quand même, avoir eu du tabac pour ses amis.

– Sans doute. Je n'en parle que parce que si ç'avait été moi qui menais l'enquête j'aurais été enclin à en faire le point de départ de mes investigations. Toutefois, mon ami, le docteur Watson, ignore tout de ce problème et je ne m'en trouverais pas plus mal si vous me répétiez la suite des événements, une fois encore. Donnez-nous simplement un bref aperçu de l'essentiel.

Stanley Hopkins sortit un papier de sa poche.

– J'ai ici quelques dates qui vous fourniront la carrière du défunt, le capitaine Peter Carey. Il est né en 1845 – cinquante ans, donc. Ce fut un fort audacieux pêcheur de loutres et de baleines. En 1883, il commandait le baleinier *Licorne des mers*, de Dundee. Il fit alors plusieurs brillantes campagnes de suite et l'année d'après – 1884 – se retira. Après cela, il voyagea pendant plusieurs années et, finalement, acheta dans le Sussex, près de Forest Row, une petite maison appelée Woodman's Lee. Là il a vécu six ans, et là il est mort, il y a une semaine aujourd'hui.

« Cet homme avait certaines particularités fort singulières. Dans la vie c'était un puritain strict – un type silencieux et morose. Sa maisonnée consistait en sa femme, sa fille, âgée de vingt ans, et deux bonnes. Ces dernières ne cessaient de changer, car leur position, qui n'était jamais fort réjouissante, devenait parfois insupportable. L'homme buvait à l'excès par intermittence et quand la crise d'ivrognerie le prenait, il devenait un véritable démon. On l'a vu jeter sa femme et sa fille à la porte au milieu de la nuit et les rosser dans le parc jusqu'à ce que tout le village, de l'autre côté des grilles, fût réveillé par leurs hurlements.

« Il fut convoqué une fois devant le juge de paix pour des violences sauvages auxquelles il s'était livré sur la personne du vieux pasteur, venu lui faire des remontrances à propos de sa conduite. En bref, monsieur Holmes, vous iriez loin avant de trouver un homme plus dangereux que Peter Carey, et on m'a dit qu'il était exactement pareil quand il commandait son bateau. On le connaissait dans la navigation sous le nom de Peter le Noir, et le surnom ne lui avait pas été donné à cause de son teint basané et de sa grande barbe, mais en raison de son humeur qui répandait la terreur autour de lui. Je n'ai pas besoin de dire qu'il était honni et évité par tous ses voisins et que je n'ai pas entendu prononcer une seule parole de regret à propos de sa terrible fin.

« Vous avez dû lire, monsieur Holmes, dans le compte rendu de l'enquête du coroner, des détails concernant la cabine – mais votre ami n'en a peut-être pas entendu parler. Carey s'était bâti à quelques centaines de mètres de sa maison une cabane en bois – il l'appelait toujours sa "cabine" – et c'est là qu'il couchait tous les soirs. C'était une petite bicoque qui ne comportait qu'une seule pièce de quatre mètres cinquante sur trois. Il en conservait la clé dans sa poche, faisait lui-même son lit et son ménage et ne laissait jamais personne en franchir le seuil. Il y a de petites fenêtres de chaque côté, mais elles étaient couvertes par des rideaux et jamais ouvertes. L'une d'elles était tournée dans la direction de la grand-route et quand la lumière y brillait la nuit, les gens se la montraient en se demandant ce que Peter le Noir pouvait être en train de faire. C'est cette fenêtre-là, monsieur Holmes, qui nous a donné un des rares éléments positifs d'investigation qui soient sortis de l'enquête.

« Vous vous rappelez qu'un maçon, du nom de Slater, venant à pied de Forest Row vers une heure du matin, deux jours avant le meurtre, s'arrêta en passant devant la propriété pour regarder le carré de lumière qui brillait encore entre les arbres. Il jure que l'ombre d'une tête d'homme se profilait, clairement visible sur le rideau, et que cette ombre n'était pas celle de Peter Carey, qu'il connaissait bien. C'était celle d'un homme barbu, mais à la barbe courte et pointant vers l'avant d'une manière toute différente de celle du capitaine. C'est du moins ce qu'a dit Slater, mais il avait passé deux heures au cabaret et il y a quelque distance entre la route et la fenêtre. En outre, cela concerne le lundi, or le crime fut perpétré le mercredi.

« Le mardi, Peter Carey se montra de l'humeur la plus noire, surexcité par la boisson et aussi sauvage que la plus dangereuse bête fauve. Il ne cessa de rôder dans la maison et les femmes prenaient leurs jambes à leur cou quand elles l'entendaient arriver. Tard le soir, il descendit à sa bicoque. Vers deux heures le matin, sa fille, qui dormait la fenêtre ouverte, entendit un épouvantable hurlement qui venait de cette direction, mais comme il arrivait couramment à Carey de brailler et de crier quand il était pris de boisson, on n'y prit pas garde. En se levant à sept heures une des bonnes remarqua que la porte de la cabane était ouverte, mais si grande était la terreur provoquée par le bonhomme que ce ne fut pas avant midi que quelqu'un osa se risquer à aller voir ce qu'il devenait. En jetant un coup d'œil par la porte ouverte on vit un spectacle qui les mit toutes en fuite, livides, jusqu'au village. Une heure plus tard j'étais sur place et je prenais l'affaire en main.

« Ma foi, j'ai les nerfs assez solides, vous le savez, monsieur Holmes, mais je vous donne ma parole que ça m'a secoué quand j'ai fourré le nez dans cette petite baraque. Elle ronflait comme un harmonium tant elle était pleine de mouches et le plancher et les murs étaient comme un abattoir. Il l'appelait sa cabine et c'en était bien une car on s'y serait cru à bord d'un bateau. Il y avait une couchette à un bout, une malle de marin, des cartes terrestres et marines, une image de la *Licorne des mers*, une rangée de livres de bord sur un rayon, tout exactement tel qu'on s'attendrait à le trouver dans la cabine d'un capitaine. Et là, au milieu, se trouvait le bonhomme, le visage convulsé comme celui d'un damné à la torture, sa grande barbe tavelée pointant, en son agonie, vers le plafond. En plein dans sa poitrine, perforée de part en part, il avait un harpon d'acier qui s'était enfoncé profondément dans le bois de la paroi derrière lui. Il était épinglé comme un insecte sur un carton. Naturellement, il était on ne peut plus mort, et cela depuis l'instant où il avait proféré ce dernier hurlement d'agonie.

« Je connais vos méthodes, monsieur, et je les ai mises en pratique. Avant de permettre qu'on touche à quoi que ce soit, j'ai examiné avec le plus grand soin le sol à l'extérieur et aussi le plancher de la pièce. Il n'y avait pas de traces de pas.

– Vous voulez dire que vous n'en avez pas vu ?

– Je vous assure, monsieur, qu'il n'y en avait pas.

– Mon bon, j'ai enquêté sur bien des crimes, mais je n'en ai encore jamais vu qui ait été commis par une créature volante. Dès l'instant que le criminel reste sur deux jambes, il faut fatalement qu'il y ait au sol une sorte d'abrasion, de minime dérangement qu'un chercheur scientifique peut déceler. Il est incroyable que cette pièce souillée de sang n'ait contenu aucune trace susceptible de nous aider. J'ai vu, toutefois, d'après l'enquête, qu'il y avait des objets que vous n'avez pas réussi à négliger ?

Le jeune inspecteur réagit à ces commentaires ironiques.

– J'ai été inepte de ne pas vous appeler à ce moment-là, monsieur Holmes, mais de toute façon, il n'y a pas à y revenir. Oui, il y avait dans la pièce plusieurs objets qui réclamaient une attention particulière. L'un était le harpon qui avait servi pour le crime. On l'avait arraché d'une panoplie au mur. Il en restait deux et la place du troisième était vide. Sur le manche il y avait écrit : S.S. *Licorne des mers*, Dundee, ce qui semblait établir que le crime avait été commis dans un moment de fureur et que le meurtrier avait saisi la première arme qui lui était tombée sous la main. Le fait que le crime avait été commis à deux heures du matin, et que malgré cela Peter Carey était tout habillé, suggérait qu'il avait rendez-vous avec le meurtrier, ce que confirme la présence sur la table d'une bouteille de rhum et de deux verres sales.

– Oui, dit Holmes, je crois que ces deux conclusions sont admissibles. Y avait-il d'autres alcools que ce rhum, dans la pièce ?

– Oui, il y avait sur le coffre une cave à liqueurs qui contenait du whisky et du cognac. Elle est sans importance pour nous, toutefois, car les carafons étaient pleins et n'avaient par conséquent pas servi.

– Sa présence a quand même une signification, dit Holmes. Néanmoins, parlez-nous encore de ceux des objets qui, selon vous, paraissent avoir une incidence sur l'enquête.

– Il y avait sa blague à tabac sur la table.

– Quelle partie de la table ?

– Elle était dans le milieu. Elle était de phoque brut – avec le poil raide et une languette de cuir pour la nouer. A l'intérieur il y avait « *P. C.* » sur le rabat. Elle contenait une demi-once de fort tabac de marin.

– Excellent. Quoi d'autre ?

Stanley Hopkins tira de sa poche un calepin recouvert de tissu. L'extérieur en était rugueux et usé, les feuillets décolorés. Sur la première page étaient inscrites les initiales « *J.H.N.* » et le millésime « 1883 ». Holmes le posa sur la table et l'examina avec minutie tandis que Hopkins et moi regardions chacun par-dessus une de ses épaules. Sur la seconde page étaient imprimées les lettres « *C.P.R.* » et puis venaient plusieurs pages de nombres. Un autre en-tête portait *Argentine,* un autre *Costa Rica,* un autre *São Paulo,* chacun précédant des pages de signes et de chiffres.

– Quelle signification trouvez-vous à tout cela ? demanda Holmes.

– Il semble que ce soient des listes de valeurs mobilières. Je pensais que « *J.H.N.* » étaient les initiales d'un courtier et que « *C.P.R.* » était peut-être le client.

– Et qu'est-ce que vous diriez de Canadian Pacific Railway ? proposa Holmes.

Stanley Hopkins jura entre ses dents et se donna un coup de poing sur la cuisse.

– Quel imbécile je suis ! s'exclama-t-il. Naturellement, c'est cela ! Alors « *J.H.N.* » sont les seules initiales qu'il nous reste à deviner. J'ai déjà examiné toutes les listes anciennes de la Bourse, mais je ne trouve personne en 1883, soit parmi les agents de change, soit parmi les courtiers dont les initiales correspondent à celles-là. J'ai pourtant l'impression que cet indice est le plus important que je détienne. Vous admettrez, monsieur Holmes, qu'il existe une possibilité que ces initiales soient celles de la seconde personne – en d'autres termes, de l'assassin. Je voudrais aussi faire ressortir que l'introduction, dans l'enquête, d'un document concernant d'importantes quantités de valeurs nous fournit, pour la première fois, une indication du mobile du crime.

Le visage de Sherlock Holmes montrait qu'il était complètement pris de court par ces nouvelles perspectives.

– Je suis contraint d'admettre vos deux arguments, dit-il. Je reconnais que le carnet, qui n'a pas été produit à l'enquête, modifie l'idée que je m'étais formée. J'étais arrivé à une théorie du crime dans laquelle je ne trouve pas place pour cela. Vous êtes-vous efforcé de retrouver certaines des valeurs mentionnées là-dedans ?

– On enquête maintenant dans les bureaux, mais j'ai peur que la liste complète des porteurs de ces titres d'Amérique du Sud ne se trouve dans ces contrées et qu'il ne faille quelques semaines avant qu'on puisse trouver la trace des actions.

Holmes venait d'examiner la couverture du calepin au moyen de sa loupe.

– Sûrement, il y a ici une décoloration, dit-il.

– Oui, monsieur, c'est une tache de sang. Je vous ai dit que j'avais ramassé ce carnet sur le plancher.

– La tache de sang était-elle dessus ou dessous ?

– Sur la face en contact avec le parquet.

– Ce qui prouve, naturellement, qu'on a laissé tomber le calepin une fois le crime commis.

– Exactement, monsieur Holmes. J'ai tenu compte de cet argument et j'en ai conclu que le meurtrier l'avait laissé tomber dans sa fuite précipitée. Il était près de la porte.

– Je suppose qu'aucune de ces valeurs n'a été trouvée dans ce que laisse le défunt ?

– Non, monsieur.

– Avez-vous une raison quelconque de soupçonner qu'il y eut vol ?

– Non, monsieur. Il semble qu'on n'ait rien touché.

– Eh mais, l'affaire paraît certes très intéressante. Et puis, il y avait un couteau, hein ?

– Oui, avec un fourreau dont il n'avait pas été extrait. Il gisait aux pieds du mort. Mme Carey l'a reconnu comme appartenant à son mari.

Holmes resta un instant perdu dans ses pensées.

– Allons, dit-il, j'imagine qu'il faudra que j'aille jeter un coup d'œil à cela.

Stanley Hopkins eut un cri de joie.

– Merci, monsieur. Ça m'ôtera un rude poids.

Holmes le menaça de l'index.

– C'eût été plus facile il y a huit jours, dit-il. Mais même maintenant, ma visite peut n'être pas totalement vaine. Watson, si vous avez le temps, je serais très heureux de votre compagnie. Si vous voulez bien appeler un taxi, Hopkins, nous serons prêts à partir pour Forest Row dans un quart d'heure.

Descendant à la petite gare en bordure de route, nous continuâmes en voiture pendant plusieurs kilomètres parmi les vastes vestiges des bois qui, à une certaine époque, faisaient partie de la grande forêt qui tint si longtemps en respect les envahisseurs saxons – cette impénétrable *Weald* ou région boisée qui constitua, soixante ans durant, le rempart des autochtones. De vastes secteurs en ont été rasés, car elle fut le siège des premières mines de fer d'Angleterre et on a abattu les arbres pour extraire le minerai. Maintenant pourtant cette industrie s'est reportée sur les champs, plus riches, du Nord, et rien ne montre plus le travail d'antan, si ce n'est les bois ravagés et les grandes cicatrices que porte le sol. Ici, dans une clairière, au flanc verdoyant d'une colline se trouvait une longue maison basse à laquelle on accédait par une allée qui courait en demi-cercle au milieu des champs. Plus près de la route, et entourée de trois côtés par des buissons, il y avait un petit pavillon, dont une fenêtre et la porte faisaient face dans notre direction. C'était le théâtre du meurtre.

Stanley Hopkins nous conduisit d'abord à la maison ; il nous y présenta à une femme hagarde et aux cheveux gris, la veuve de la victime. Les traits accusés de son maigre visage, l'air de furtive terreur de ses yeux aux paupières rougies révélaient les années de malheur et de mauvais traitements qu'elle avait endurés. Sa fille était avec elle. Pâle, les cheveux blonds, elle nous dit, avec une étincelle de défi dans les yeux, qu'elle était heureuse de la mort de son père et qu'elle bénissait la main qui l'avait frappé. Terrible foyer que celui que Peter Carey le Noir s'était façonné, et ce fut avec un sentiment de soulagement que nous nous retrouvâmes dans le soleil, cheminant le long du sentier qu'avaient tracé au travers des champs les pieds du défunt.

La cabane était des plus simples. Des parois de bois, pas de double toit, une fenêtre du côté de la porte et une du côté opposé. Stanley Hopkins sortit la clé de sa poche et il se penchait sur la serrure quand il s'arrêta, l'air attentif et surpris.

– Quelqu'un y a touché, dit-il.

Le fait ne faisait pas de doute. Le bois était coupé et des éraflures blanches rayaient la peinture, comme si on venait de les faire à l'instant. Holmes s'en fut examiner la fenêtre.

– Quelqu'un a également essayé de la forcer. Qui que ce soit, il n'a pas pu entrer. Ce devait être un bien piètre cambrioleur.

– C'est une chose vraiment extraordinaire, dit l'inspecteur. Ces marques n'étaient pas là hier, j'en jurerais.

– Peut-être un villageois curieux ? suggérai-je.

– Bien peu probable. Il y en a fort peu qui ont osé se risquer sur la propriété, et encore bien moins s'aventurer dans la cabine. Qu'en pensez-vous, monsieur Holmes ?

– Je trouve que le sort est joliment aimable avec nous.

– Vous voulez dire que la personne reviendra ?

– C'est très probable. Il est venu avec l'idée que la porte serait ouverte. Il a essayé d'entrer en se servant de la lame d'un très petit canif. Il n'a pas pu y arriver. Que va-t-il faire ?

– Revenir la nuit prochaine avec un instrument plus utile.

– C'est mon opinion. Ce sera notre faute si nous ne sommes pas là pour le recevoir. En attendant, faites-moi voir l'intérieur de la cabine.

Les traces de la tragédie avaient été enlevées, mais le mobilier de la petite pièce demeurait tel qu'il avait été la nuit du crime. Pendant deux heures, avec la plus intense concentration, Holmes examina tour à tour les objets, mais son visage montrait que ses recherches n'étaient pas fructueuses. Une fois seulement il interrompit ses patientes investigations.

– Avez-vous pris quelque chose sur ce rayon, Hopkins ?

– Non, je n'ai rien bougé.

– On a pris quelque chose. Il y a moins de poussière sur ce coin du rayon qu'ailleurs. Il se peut que ç'ait été un livre posé à plat ; ou bien une boîte. Eh bien, je ne peux rien faire de plus. Allons jusqu'à ces bois magnifiques, Watson, et consacrons quelques heures aux oiseaux et aux fleurs. Nous vous retrouverons ici plus tard, Hopkins, pour voir s'il y a moyen d'approcher de plus près le monsieur qui nous a rendu cette visite nocturne.

Il était plus de onze heures quand nous tendîmes notre petite embuscade. Hopkins était d'avis de laisser ouverte la porte de la cabane, mais Holmes considérait que ce geste éveillerait les soupçons de l'inconnu. La serrure était des plus simples et une forte lame suffisait à en repousser le pêne. Holmes suggéra aussi que nous attendions non pas au-dedans de la maisonnette, mais dehors, dans les buissons qui environnaient la fenêtre du fond. De cette façon, nous pourrions surveiller notre homme s'il s'éclairait et voir quel était le but de cette subreptice visite de nuit.

Ce fut une longue et morne faction et pourtant il y avait en elle quelque chose du frisson que le chasseur ressent quand, tapi à proximité du point d'eau, il attend la venue des fauves assoiffés. Quel animal sauvage allait fondre sur nous du fond de l'obscurité ? Serait-ce un tigre féroce, criminel dont on ne viendrait à bout qu'au prix d'un combat où il se défendrait des crocs et des griffes, ou bien serait-ce un chacal rampant, dangereux seulement pour ceux qui sont faibles et désarmés ? Dans le plus complet silence, accroupis dans les buissons, nous attendions tout ce qui se présenterait. D'abord les pas de quelques villageois attardés, ou le bruit de voix qui nous venait de l'agglomération facilitèrent notre veillée ; mais une à une ces interruptions s'éteignirent et un calme absolu s'installa, coupé seulement par l'horloge de l'église qui nous renseignait sur l'avance de la nuit, et par le murmure et les froissements d'une petite pluie fine tombant sur le feuillage qui formait une voûte au-dessus de nous.

Deux heures et demie venaient de sonner, annonçant l'heure plus sombre qui précède l'aurore, quand nous tressaillîmes tous trois en entendant un déclic bas, mais net, qui venait de la direction de la grille. Il y eut un autre silence prolongé durant lequel je me pris à craindre qu'il s'agissait d'une fausse alerte, puis on entendit un pas furtif de l'autre côté de la cabane et, un instant après, un bruit de métal qu'on grattait. L'homme essayait de forcer la serrure ! Cette fois il usa de plus d'adresse ou d'un meilleur outil, car on entendit un soudain claquement, puis des gonds qui craquaient. Là-dessus on gratta une allumette et l'instant d'après la lumière soutenue d'une bougie remplit l'intérieur de la baraque. A travers les rideaux de gaze, nos yeux se rivèrent à la scène qui se déroulait au-dedans.

Le visiteur nocturne était un jeune homme, frêle et mince, avec une moustache noire qui accentuait la mortelle pâleur de son visage. Il ne pouvait guère avoir plus de vingt ans. Je n'ai de ma vie vu un être humain qui parût dans un état de plus pitoyable frayeur, car il tremblait de tous ses membres et claquait des dents. Il était vêtu comme un homme de la bonne société, en costume norfolk avec des culottes de golf et portait une casquette. Nous le vîmes regarder autour de lui avec de grands yeux effrayés. Puis il posa sa bougie sur la table et disparut de notre vue dans l'un des coins. Il en revint avec un grand livre, un des livres de bord qui se trouvaient alignés sur les rayons. S'appuyant à la table, il tourna rapidement les feuillets de ce volume jusqu'au moment où il trouva l'écriture qu'il cherchait. Alors, avec un geste coléreux de sa main crispée il referma le livre, le replaça dans le coin et éteignit la lumière. Il avait à peine fait demi-tour pour quitter la hutte quand la main d'Hopkins s'appesantit sur son collet. Il laissa échapper un cri de terreur quand il comprit qu'il était pris. On ralluma la bougie et nous vîmes notre misérable captif frissonnant et tout recroquevillé sous la poigne du détective. Il s'écroula sur le coffre de marin et ses yeux voyagèrent, désemparés, de l'un à l'autre d'entre nous.

– Eh bien, mon brave, dit Stanley Hopkins, qui sommes-nous et que voulons-nous ici ?

L'homme se ressaisit et nous fit face avec un certain effort pour retrouver la maîtrise de lui-même.

– Vous êtes des policiers, j'imagine ? dit-il. Vous vous figurez que j'ai quelque chose à voir dans la mort du capitaine Peter Carey. Je vous assure que je suis innocent.

– C'est ce que nous verrons, dit Hopkins. D'abord, votre nom ?

– John Hopley Neligan.

Je vis Holmes et Hopkins échanger un rapide coup d'œil.

– Qu'est-ce que vous faites ici ?

– Puis-je parler à titre confidentiel ?

– Non ; certes non !

– Alors pourquoi vous le dirais-je ?

– Parce que si vous n'avez pas de réponse à fournir, cela pourrait aller mal pour vous lors du procès.

Le jeune homme accusa le coup.

– Eh bien, je vais vous le dire, répondit-il. Et d'ailleurs, pourquoi pas ? Pourtant, cela m'ennuie que ce vieux scandale revienne à la surface. Vous avez entendu parler de Dawson et Neligan ?

Le visage d'Hopkins exprimait que non, mais Holmes parut vivement intéressé.

– Vous voulez parler, dit-il, de ces banquiers de la région de l'Ouest qui ont fait une énorme faillite et ruiné la moitié des grandes familles de Cornouailles ? Après quoi, Neligan disparut.

– C'est cela. Neligan était mon père.

Enfin nous tenions quelque chose de concret ! bien qu'il y eût un abîme entre ce banquier en fuite et le capitaine Peter Carey épinglé au mur avec un de ses propres harpons. Nous écoutâmes tous le jeune homme avec attention.

– Le véritable responsable, dans cette faillite, c'était mon père. Dawson avait pris sa retraite. Je n'avais que dix ans à l'époque, mais j'étais assez grand pour ressentir la honte et l'horreur de la situation. On a toujours dit que mon père avait volé les titres et pris la fuite. Ce n'est pas vrai. Il croyait que si on lui donnait le temps de les réaliser, les choses s'arrangeraient et tous les créditeurs seraient remboursés. Il partit pour la Norvège dans son petit yacht juste avant que ne fût lancé son mandat d'amener. Je me rappelle cette dernière nuit où il dit adieu à ma mère. Il nous laissa une liste des titres qu'il emmenait et jura qu'il reviendrait la tête haute et qu'aucun de ceux qui avaient eu confiance en lui ne souffrirait de dommage. Eh bien, nous n'avons plus jamais eu de ses nouvelles. Le yacht et lui s'évanouirent intégralement. Nous croyions, ma mère et moi, qu'ils étaient tous deux disparus au fond de l'eau avec les valeurs qu'il avait prises. Nous avions, cependant, un ami fidèle qui est dans les affaires et ce fut lui qui découvrit, il y a quelque temps, que certains des titres que mon père détenait reparaissaient sur le marché de Londres. Vous pouvez imaginer notre stupéfaction. Je passai des mois à en chercher les traces, et après mille difficultés et démarches, je constatai que ces actions avaient été vendues en premier lieu par le capitaine Peter Carey, le propriétaire de cette cabane.

« Naturellement, je me renseignai sur l'individu. J'appris qu'il avait commandé un baleinier qui devait revenir des mers polaires au moment même où mon père naviguait vers la Norvège. L'automne de cette année-là fut orageux, avec d'interminables périodes où le vent soufflait du sud. Il est fort possible que le yacht de mon père ait été emporté vers le nord et ait rencontré là le bateau du capitaine Carey. En ce cas, qu'était devenu mon père ? De toute façon, si je pouvais démontrer, d'après le témoignage de Carey, la façon dont ces titres avaient été introduits sur la place, ce fait établirait la preuve que mon père ne les avait pas vendus et qu'en les emportant il n'avait pas l'intention de se les approprier.

« Je vins dans le Sussex pour voir le capitaine, mais ce fut à ce même instant que sa mort affreuse se produisit. Je lus, dans le compte rendu de l'enquête, une description de sa cabine qui relatait la présence des vieux livres de bord de son bateau. Il me parut que si je pouvais voir ce qui s'était produit au cours du mois d'août 1883 à bord de la *Licorne des mers,* cela éclaircirait peut-être le mystère dont s'entourait le destin de mon père. J'ai essayé hier soir d'arriver jusqu'à ces livres de bord, mais je n'ai pas pu ouvrir la porte. J'ai recommencé ce soir, avec succès, mais j'ai constaté que les pages qui concernent le mois qui m'intéresse ont été arrachées du livre. C'est à ce moment-là que je suis devenu votre prisonnier.

– C'est bien tout ? demanda Hopkins.

– C'est tout, dit-il en détournant les yeux.

– Vous n'avez rien d'autre à nous rapporter ?

– Non, rien, répondit-il après un instant d'hésitation.

– Vous n'êtes pas venu ici avant la nuit dernière ?

– Jamais.

– Alors, comment expliquez-vous la présence de *cela* ? s'écria Hopkins, brandissant l'irrécusable calepin, avec les initiales du prisonnier sur la tache de sang et la page de garde sur la couverture.

L'infortuné s'écroula. Il enfouit son visage dans ses mains et se mit à trembler de tous ses membres.

– Où l'avez-vous eu ? gémit-il. Je ne savais pas. Je croyais l'avoir perdu à l'hôtel.

– Cela suffit, dit Hopkins d'un air sévère. S'il vous reste quelque chose à dire, gardez-le pour le tribunal. Vous allez venir avec moi au commissariat. Eh bien, monsieur Holmes, je vous suis très obligé, à vous et à votre ami, d'être venus m'aider. Il se trouve que votre présence n'était pas nécessaire et que j'aurais tout aussi bien mené l'affaire à bonne fin sans vous, mais je ne vous en suis pas moins reconnaissant. On nous a gardé des chambres à l'hôtel, nous pouvons descendre tous ensemble à pied au village.

– Eh bien, Watson, qu'en pensez-vous ? me demanda Holmes, le lendemain, dans le train qui nous ramenait.

– Je vois que cela ne vous satisfait pas.

– Oh que si, mon cher Watson, cela me satisfait pleinement. Toutefois, les méthodes de Stanley Hopkins ne me ravissent pas. Il me déçoit, Stanley Hopkins. J'attendais mieux de lui. On devrait toujours envisager une autre éventualité possible et se prémunir contre elle. C'est la règle primordiale en fait d'enquêtes criminelles.

– Et quelle est l'autre éventualité ?

– Celle que je recherche moi-même. Il se peut qu'elle ne donne rien. Mais je la suivrai tout au moins jusqu'au bout.

Plusieurs lettres attendaient Holmes à Baker Street. Il en saisit une, l'ouvrit et éclata d'un rire triomphant.

– Excellent, Watson. L'autre éventualité prend tournure. Vous avez des formules de télégrammes ? Ecrivez donc deux messages pour moi : « Sumner, agent maritime, Ratcliff Highway. Envoyez trois hommes pour être chez moi dix heures demain matin. Signé : Basil », c'est mon nom dans ces parages. Voici l'autre télégramme : « Inspecteur Stanley Hopkins, 46 Lord Street, Brixton. Venez déjeuner chez nous demain matin neuf heures trente. Important. Télégraphiez si pas possible. Sherlock Holmes. » Et voilà, Watson, cette histoire infernale m'a hanté dix jours durant. Je la bannis par la présente de mes pensées jusqu'à demain matin où je compte bien que nous en verrons la fin définitive.

Exact à l'heure prescrite, l'inspecteur Stanley Hopkins arriva et nous nous mîmes à table devant l'excellent petit déjeuner qu'avait préparé Mme Hudson. Le jeune détective était aux anges de son succès.

– Vous croyez vraiment que votre solution doit être correcte ? demanda Holmes.

– Je ne vois pas comment le dossier pourrait être plus complet.

– L'enquête ne m'a pas paru concluante.

– Vous m'étonnez, monsieur Holmes. Qu'est-ce que vous voudriez de plus ?

– Est-ce que votre explication répond à tout ?

– Sans aucun doute. J'ai découvert que le jeune Neligan est arrivé à l'hôtel le jour même du crime, sous le prétexte de venir jouer au golf. Sa chambre était au rez-de-chaussée, de sorte qu'il pouvait sortir quand cela lui plaisait. Cette nuit-là, il est allé à Woodman's Lee, il a vu Peter Carey dans sa cabine, ils se sont pris de querelle et il l'a tué avec le harpon. Là-dessus, horrifié de ce qu'il avait fait, il s'est enfui de la cabane en laissant tomber le calepin qu'il avait apporté afin de questionner Peter Carey au sujet de tous les titres en question. Vous avez peut-être remarqué que certaines des valeurs étaient pointées et d'autres – la grande majorité – pas. Celles qui sont pointées ont été retrouvées sur la place de Londres ; mais pour les autres on pouvait penser qu'elles étaient encore en la possession de Carey, et le jeune Neligan, d'après ce qu'il nous a lui-même déclaré, était fort désireux de les récupérer afin d'agir correctement à l'égard des créanciers de son père. Après sa fuite il n'a plus, pendant un certain temps, osé approcher de la hutte mais, en fin de compte, il s'est contraint à y retourner, dans le but de recueillir les renseignements qu'il lui fallait. Il me semble que tout cela est simple et évident !

Holmes sourit.

– Ça me paraît n'avoir qu'un inconvénient, Hopkins, c'est que ça se trouve intrinsèquement impossible. Avez-vous essayé de traverser un corps de part en part avec un harpon ? Non ? Bah ! ce sont, mon cher, des détails auxquels il faut faire attention. Mon ami Watson pourrait vous confirmer que j'ai passé toute une matinée à cet exercice. Ce n'est pas une petite affaire et cela exige un bras puissant et entraîné. Or, ce coup a été frappé avec une telle violence que la pointe de l'engin s'est profondément enfoncée dans la paroi. Croyez-vous ce jouvenceau anémique capable d'un pareil effort ? Est-il l'homme qui a fraternisé en buvant du rhum et de l'eau avec Peter le Noir en pleine nuit ? Etait-ce son profil qu'on a vu se dessiner sur le rideau deux nuits avant ? Non, non, Hopkins, c'est quelqu'un d'autre, et de bien plus formidable qu'il faut que nous cherchions.

Le visage de l'inspecteur n'avait cessé de s'allonger pendant qu'Holmes parlait. Ses espoirs et ses ambitions s'effondraient. Il ne consentit tout de même pas à abandonner sans lutte sa position.

– Vous ne pouvez pas contester que Neligan était présent cette nuit-là, monsieur Holmes. Le carnet le prouve. Je crois que j'ai assez de preuves pour convaincre un jury, même si vous êtes en mesure d'y trouver des failles. En outre, monsieur, moi, je lui ai mis la main dessus, à *mon* homme. Tandis que votre type terrible, où est-il ?

– Je croirais volontiers qu'il est dans l'escalier, dit Holmes avec sérénité. Je pense, Watson, que vous feriez bien de placer votre revolver à portée de votre main. (Il se leva, posa sur une table volante un papier couvert d'écriture, puis :) A présent, nous sommes prêts, conclut-il.

On entendait dans l'antichambre des voix rudes et Mme Hudson vint ouvrir la porte pour rapporter que trois hommes demandaient à parler au capitaine Basil.

– Faites-les entrer l'un après l'autre, dit Holmes.

Le premier était un petit bonhomme rouge comme un pépin de pomme, avec des joues tannées et des favoris blancs et duveteux. Holmes avait sorti une lettre de sa poche.

– Quel nom ? demanda-t-il.

– James Lancaster.

– Je regrette, Lancaster, mais la place est prise. Voilà un demi-souverain pour votre dérangement. Passez dans la pièce à côté et attendez quelques instants.

Le second visiteur était un grand sec, aux cheveux plats et aux joues ternes. Il s'appelait Hugh Pattins. Lui aussi fut congédié avec un demi-souverain et invité à attendre.

Le troisième postulant était un homme d'aspect remarquable. Un visage farouche de bouledogue, encadré d'une broussaille de cheveux et de barbe, et au milieu duquel deux yeux noirs brillaient, pleins d'aplomb, sous d'épais sourcils dont la masse s'abaissait vers les paupières supérieures. Il nous salua et se planta devant nous en vrai marin, pétrissant sa casquette entre ses doigts.

– Votre nom ? demanda Holmes.

– Patrick Cairns.

– Harponneur ?

– Oui, monsieur. Vingt-six campagnes.

– De Dundee, j'imagine ?

– Oui, monsieur.

– Et prêt à partir avec un navire d'exploration ?

– Oui, monsieur.

– A quel tarif ?

– Huit livres par mois.

– Vous pourriez partir immédiatement ?

– Le temps de réunir mon équipement.

– Vous avez vos papiers ?

– Oui, dit l'homme en sortant de sa poche une liasse de documents graisseux auxquels Holmes jeta un coup d'œil avant de les lui rendre.

– Vous êtes l'homme que je cherche, lui dit-il. Voilà votre engagement sur la table. Si vous le signez, tout sera réglé.

Le marin traversa la pièce et prit la plume.

– Faut signer ici ? demanda-t-il en se penchant sur la table.

Holmes s'inclina par-dessus l'épaule de l'homme et passa ses deux mains par-dessus son cou.

– Ça ira comme cela, dit-il.

J'entendis un déclic d'acier et un meuglement comme celui d'un taureau enragé. L'instant d'après, Holmes et le matelot roulaient à terre tous les deux. C'était un gaillard d'une force si gigantesque que, même avec les menottes que Holmes lui avait si adroitement passées aux poignets, il serait vite venu à bout de mon ami si Hopkins et moi n'étions arrivés à la rescousse. Ce ne fut que lorsqu'il sentit le canon froid du revolver contre sa tempe qu'il comprit enfin que la résistance était vaine. Nous ficelâmes ses chevilles avec une corde puis nous nous relevâmes, encore tout haletants de l'échauffourée.

– Vraiment, je vous dois des excuses, Hopkins, dit Sherlock Holmes. J'ai bien peur que les œufs brouillés ne soient froids. Malgré cela, vous n'en goûterez que mieux le reste de votre repas, hein, du fait que vous avez maintenant apporté à votre enquête une solution triomphale.

Stanley Hopkins restait muet de stupeur.

– Je ne sais que dire, monsieur Holmes, bégaya-t-il enfin, le rouge aux joues. Il semble que, depuis le début, je n'aie cessé de me comporter comme un serin. Je comprends maintenant ce que je n'aurais jamais dû oublier, que je suis un élève et que vous êtes le maître. Même maintenant, je vois ce que vous avez fait, mais j'ignore encore comment vous l'avez fait et ce que cela signifie.

– Allons, allons, dit Holmes avec bonne humeur, nous apprenons tous par l'expérience, et votre leçon, cette fois, c'est qu'il ne faut jamais perdre de vue l'autre éventualité. Vous étiez si absorbé par le jeune Neligan que vous ne parveniez pas à accorder une pensée à Patrick Cairns, l'authentique assassin de Peter Carey.

La voix rauque du marin se mêla à notre conversation.

– Dites voir, m'sieur, dit-il, je ne me plains pas d'avoir été malmené comme ça, mais je voudrais bien que vous appeliez les choses par leur vrai nom. Vous dites que j'ai assassiné Peter Carey ; moi je dis que je l'ai *tué* ; ça fait toute la différence. Vous ne le croyez peut-être pas ? Vous croyez que c'est du boniment ?

– Du tout, dit Holmes. Racontez ce que vous avez à dire.

– C'est vite raconté et, pardieu, c'est la pure vérité. Je connaissais Peter le Noir et quand il a sorti son couteau je l'ai vivement piqué avec le harpon, vu que je savais que ça serait lui ou moi. C'est comme cela qu'il est mort. Appelez ça un crime si vous voulez, mais je sais que j'aime encore mieux mourir la corde au cou qu'avec le couteau de Peter le Noir dans le cœur.

– Comment en êtes-vous arrivé là ? demanda Holmes.

– Je vais vous le narrer depuis le début. Redressez-moi seulement un peu que je puisse parler plus facilement. Ça s'est passé en 1883, au mois d'août. Peter Carey était le patron de la *Licorne des mers* et moi harponneur en second. On sortait de la banquise et on rentrait avec des brises contraires et une tempête de vent du sud qui durait depuis huit jours quand on a recueilli une petite embarcation qui avait été poussée vers le nord par la rafale. Il n'y avait qu'un homme à bord – un terrien. L'équipage, croyant que le yacht allait couler, était parti pour essayer de gagner la côte norvégienne dans la chaloupe. Ils ont tous dû se noyer.

L'homme, on l'a pris à bord et le capitaine et lui ils ont eu dans la cabine des conversations qui n'en finissaient pas. Tout ce qu'il avait apporté avec lui sur notre navire, c'était une caisse en fer-blanc. Autant que je sache, on n'a jamais dit le nom de ce type et la seconde nuit, il a disparu comme s'il n'avait jamais existé. On a raconté qu'ou bien il s'était jeté par-dessus bord, ou bien il était tombé à l'eau par le gros temps qu'il faisait à ce moment-là. Il n'y a qu'un homme qui a su ce qui lui était arrivé, et celui-là, c'est moi, parce que, de mes propres yeux, j'ai vu le capitaine l'empoigner par les talons et le basculer par-dessus le parapet au cœur et au plus noir de la nuit, deux jours avant qu'on n'aperçoive les phares du Shetland.

« Eh bien, j'ai gardé ce que je savais pour moi et j'ai attendu de voir ce qui en résultait. Rentrés en Ecosse, l'affaire fut étouffée sans peine et personne ne posa de questions. Un inconnu était mort accidentellement et personne n'avait qualité pour se livrer à une enquête. Peu après, Peter Carey se retira et il me fallut des années pour trouver où il était. Je me doutais qu'il avait fait le coup pour avoir le contenu de la boîte en fer, et qu'il devait avoir le moyen de bien payer pour que je ne parle pas.

« J'ai su où il était par un matelot qui l'avait rencontré à Londres et je suis allé le voir pour le pressurer. Le premier soir il était assez raisonnable et prêt à me donner de quoi me libérer du besoin de reprendre la mer. On devait régler la chose le surlendemain. Quand je revins, je le trouvai aux trois quarts ivre et d'une humeur atroce. On s'est assis, on a bu et parlé d'autrefois, mais plus il buvait, moins son air me plaisait. J'ai repéré le harpon au mur en me disant que j'en aurais peut-être besoin avant que ça ne soit fini. Puis, tout à coup, il s'est déchaîné contre moi et, crachant et jurant, son grand coutelas à la main, il s'est levé, une lueur de meurtre dans les yeux. Il n'a pas eu le temps de dégainer son couteau que je lui avais déjà passé le harpon au travers du corps. Tudieu, quel hurlement ! et cette figure, qui revient se mettre entre moi et le sommeil ! Je suis resté là, avec le sang qui coulait tout autour de moi et j'ai attendu. Mais tout était tranquille, alors j'ai repris du cœur. J'ai regardé autour de moi et j'ai vu la caisse en fer sur un rayon. Je l'ai prise – j'y avais, en tout cas, tout autant droit que Peter Carey – et je suis sorti de la cabane en laissant, comme un imbécile, ma blague à perlot sur la table.

« Maintenant, je vais vous dire le plus curieux de l'histoire. Je venais tout juste de sortir de la baraque quand j'ai entendu qu'on venait. Alors, je me suis caché dans les buissons. Un homme s'est amené en se faufilant, est entré dans la hutte, a poussé un cri comme s'il voyait un fantôme et a détalé à toutes jambes. Qui c'était et ce qu'il voulait, c'est plus que je n'en peux dire. Pour ma part, j'ai marché quatre lieues, trouvé un train à Tunbridge Wells et atteint Londres comme ça sans que personne ait rien su.

« Eh bien, quand j'ai examiné la boîte, j'ai constaté qu'il n'y avait pas d'argent dedans, mais seulement des papiers que je n'oserais jamais vendre. J'avais perdu ce par quoi je tenais Peter le Noir, et je me trouvais tout seul à Londres sans un shilling. Je n'avais plus que mon état comme ressource. J'ai vu les annonces qui parlaient de harponneurs et de salaire élevé, alors je suis allé chez les agents maritimes qui m'ont envoyé ici. C'est tout ce que je sais et je répète que, si j'ai tué Peter le Noir, la loi m'en doit des remerciements, vu que je lui ai épargné le prix d'une corde en chanvre.

– Une déposition fort claire, dit Holmes en se levant pour allumer sa pipe. Je crois, Hopkins, qu'il ne faut pas perdre de temps à mettre votre prisonnier en sûreté. Cette pièce n'est nullement appropriée au rôle de cellule et M. Patrick Cairns tient trop de place sur notre tapis.

– Monsieur Holmes, dit Hopkins, je ne sais comment vous exprimer ma gratitude. Même maintenant, je ne comprends pas comment vous avez obtenu ce résultat.

– Simplement parce que j'ai eu la bonne fortune de tomber sur la bonne piste dès le début. Il est fort possible que si j'avais été au courant du carnet, cela aurait égaré mes réflexions comme ce fut le cas pour vous. Mais tout ce dont j'avais entendu parler, l'adresse dans le maniement du harpon et la force prodigieuse qu'il y fallait, le rhum et l'eau, la blague en phoque, tout cela indiquait un marin, et plus spécialement un chasseur de baleines. J'étais convaincu que les initiales « P. C. » sur la blague résultaient d'une coïncidence et n'étaient pas celles de Peter Carey, puisqu'il fumait si peu qu'on n'avait pas même trouvé de pipe dans sa cabine. Vous vous souvenez que je vous ai demandé s'il y avait du whisky et du cognac dans celle-ci ? Vous m'avez répondu que oui. Combien y a-t-il de terriens qui boiront du rhum là où ils peuvent avoir d'autres alcools ? Oui, j'étais sûr que c'était un matelot.

– Et comment l'avez-vous trouvé ?

– Mon cher, le problème dès lors devenait très simple. Si c'était un marin, ce ne pouvait plus être qu'un marin qui avait été sur la *Licorne des mers* avec Carey. J'ai passé trois jours à télégraphier à Dundee et, au bout de ce temps-là, j'avais la liste de l'équipage en 1883. Une fois trouvé le nom de Patrick Cairns parmi les harponneurs, mes recherches approchaient de leur fin. Je raisonnai que mon homme était probablement à Londres et qu'il aurait envie de quitter le pays un certain temps. Je passai donc quelques jours dans le quartier du port, à mettre sur pied le projet d'une expédition arctique, laquelle annonça des conditions alléchantes ; pour les harponneurs qui voudraient servir sous les ordres du capitaine Basil... et en voici le résultat.

– Merveilleux ! s'écria Hopkins. Merveilleux !

– Il faut faire libérer le jeune Neligan aussi vite que possible, dit Holmes. J'avoue que je crois que vous lui devez des excuses. La boîte en fer doit lui être retournée mais, bien entendu, les valeurs que Peter Carey a vendues sont perdues pour toujours. Voilà le fiacre, Hopkins, vous allez pouvoir emmener votre homme. Si vous avez besoin de moi pour le procès, mon adresse et celle de Watson seront quelque part en Norvège – je vous enverrai les précisions plus tard.

L'ÉCOLE DU PRIEURÉ

Il n'a pas manqué d'entrées et de sorties dramatiques, sur notre petite scène de Baker Street, mais je ne puis rien me remémorer d'aussi soudain et d'aussi inattendu que la première apparition du docteur Thorneycroft Huxtable, licencié ès lettres, docteur en philosophie, etc. Sa carte, qui semblait trop petite pour porter tout le poids de ses distinctions académiques, le précéda de quelques secondes et puis il parut en personne – si vaste, si pompeux et si compassé qu'il était l'incarnation même de la maîtrise de soi et de sa solidité. Et pourtant, son premier geste, quand la porte se fut refermée derrière lui, fut d'aller en chancelant s'appuyer à la table, d'où il glissa à terre, de sorte que cette majestueuse silhouette se retrouva prostrée, sans connaissance, sur notre tapis de feu en peau d'ours.

Nous nous étions levés d'un bond et, pendant quelques instants, nous contemplâmes avec une silencieuse stupeur cette emphatique épave qui venait nous parler d'on ne savait quelle subite et fatale tempête survenue quelque part au loin, sur l'océan de la vie. Puis Holmes lui logea un coussin sous la tête et moi du cognac entre les dents. Le pesant visage, tout pâle, était couturé des rides du souci ; les poches, sous les yeux clos, avaient des teintes de plomb ; la bouche molle s'abaissait douloureusement aux coins et le menton pendant n'était pas rasé. Chemise et col portaient les souillures d'un long voyage et les cheveux dépeignés se hérissaient sur le crâne bien modelé. C'était un homme fort éprouvé que celui qui gisait devant nous.

– Qu'est-ce que c'est, Watson ? me demanda Holmes.

– Un épuisement total – peut-être simplement la faim et la fatigue, dis-je, l'index sur le pouls qui, presque imperceptible, révélait que le flux vital était mince et menu.

– Un billet de retour pour Mackleton, dans le nord de l'Angleterre, dit Holmes en l'extrayant du gousset du malade. Il n'est pas encore midi. Il est certes parti de bien bonne heure !

Les paupières plissées commençaient à papilloter et bientôt deux yeux gris, l'air égaré, nous regardaient. Un instant plus tard, l'homme était debout, le visage cramoisi de confusion.

– Pardonnez cette faiblesse, monsieur Holmes ; je suis un peu surmené. Volontiers, si je pouvais avoir un verre de lait et un biscuit cela irait tout de suite mieux, j'en suis sûr. Je suis venu moi-même, monsieur Holmes, pour être certain que vous repartiriez avec moi. Je craignais que nul télégramme ne vous convainquît de l'urgence absolue de l'affaire.

– Quand vous serez tout à fait remis...

– Je me sens très bien, maintenant. Je ne comprends pas comment j'ai pu ainsi tomber de faiblesse. Je désire, monsieur Holmes, que vous preniez avec moi le prochain train pour Mackleton.

– Mon collègue, le docteur Watson, peut vous dire combien nous sommes pris pour l'instant. Je suis retenu dans cette affaire des documents Ferrers et on va juger l'assassinat Abergavenny. Il faudrait un événement très important pour m'appeler hors de Londres.

– Important ! (Notre visiteur leva les bras au ciel.) Vous n'avez pas entendu parler du rapt du fils unique du duc d'Holdernesse ?

– Quoi ? le fils de l'ancien Premier ministre ?

– Exactement. Nous avons essayé que la presse n'en

parle pas, mais il y avait un écho dans *Le Globe* d'hier soir. Je pensais qu'il avait pu vous venir aux oreilles.

Holmes étendit son long bras mince et prit le volume H de son encyclopédie de références.

– Holdernesse, duc de, sixième du nom... et ensuite tout un alphabet qui représente ses dignités et décorations... et là-dessus tout un palmarès qui énumère ses titres... lord, lieutenant du comté d'Hallamshire depuis 1900. Marié à Edith, fille de sir Charles Appledore en 1888. Héritier du titre (et fils unique) : lord Saltire. Possède environ deux cent cinquante mille hectares. Exploitations minières dans le Lancashire et le pays de Galles. Adresses : Carlton House Terrasse ; château d'Holdernesse dans l'Hallamshire et château de Carston à Bangor, pays de Galles. Eh bien, eh bien ! c'est sûrement l'un des plus éminents sujets de Sa Majesté !

– Le plus grand et peut-être le plus riche. Je sais, monsieur Holmes, que vous avez une haute idée de votre profession et que vous êtes parfaitement prêt à travailler pour l'amour de l'entreprise. Je suis néanmoins en mesure de vous préciser que le duc a déjà proclamé qu'un chèque de cinq mille livres serait remis à la personne qui pourrait lui dire où est son fils, et mille autres à celle qui lui donnerait le ou les noms de qui l'a enlevé.

– C'est une offre princière, dit Holmes. Watson, je crois que nous accompagnerons le docteur Huxtable dans son voyage de retour vers le Nord. Et maintenant, cher monsieur, quand vous aurez terminé votre lait, voudrez-vous avoir l'obligeance de me dire ce qui s'est produit, quand cela s'est produit, comment cela s'est produit et, finalement, ce que le docteur Thorneycroft Huxtable, de l'école du Prieuré, près de Mackleton, vient faire dans cette affaire et pourquoi il arrive trois jours après l'événement – l'état de votre menton en fournit la date – pour solliciter mes humbles services.

Notre visiteur avait consommé son lait et ses biscuits.

La lumière était revenue dans ses yeux et la couleur sur ses joues quand il se mit, avec beaucoup de vigueur et de lucidité, à nous exposer la situation.

– Je dois vous dire, messieurs, que le Prieuré est un établissement d'enseignement élémentaire dont je suis le fondateur et le principal. Mes *Réflexions en marge d'Horace* rappelleront peut-être mon nom à votre mémoire. Le Prieuré est, sans conteste, la meilleure et la plus sélecte école de son genre. Lord Leverstoke, le comte de Blackwater, sir Cathcart Soames... tous ces personnages éminents m'ont confié leurs fils. Mais j'ai eu l'impression que mon école venait d'atteindre son apogée quand, il y a trois semaines, le duc de Holdernesse m'a envoyé son secrétaire, M. James Wilder, m'informer que le jeune lord Saltire, dix ans, son fils unique et héritier, allait être confié à mes soins. Je ne pensais guère que c'était là le prélude à la plus écrasante infortune de mon existence.

« Le premier mai, jour où s'ouvre le trimestre estival, l'enfant arriva. C'était un charmant garçon et il prit très vite les habitudes de la maison. Je puis vous dire – je ne pense pas que ce soit de l'indiscrétion et les demi-confidences sont ridicules en pareil cas – qu'il n'était pas complètement heureux chez lui. Il est de notoriété publique que le duc n'a pas été heureux en ménage et que cette union s'est soldée par une séparation d'un commun accord, la duchesse ayant choisi d'aller résider dans le midi de la France. Ce fait venait de se produire tout récemment et les préférences du garçon allaient notoirement à sa maman. Il se montra taciturne après qu'elle eut quitté le château d'Holdernesse et ce fut pour cette raison que le duc voulut l'envoyer à mon établissement. Au bout de quinze jours le petit se sentait tout à fait chez lui et selon toute apparence était parfaitement heureux.

« C'est le lundi 13 mai au soir qu'on l'a vu pour la dernière fois. Lundi dernier par conséquent. Sa chambre était au second et, pour y aller, il fallait passer par une autre, plus grande, où couchaient deux élèves. Ceux-ci n'ont rien vu ni rien entendu, de sorte qu'il est certain que le jeune Saltire n'est pas sorti par là. Sa fenêtre était ouverte et un gros lierre permet de descendre jusqu'au sol. Nous n'avons pas pu relever en bas la trace de ses pas, mais il est certain que c'est la seule sortie possible.

« Son absence fut découverte à sept heures du matin, le mardi. Son lit était défait. Il s'est habillé complètement avant de partir dans la tenue habituelle de l'école : pantalon gris et veste d'Eton. Rien ne dénotait que personne fût entré dans la pièce et il est tout à fait certain que s'il y avait eu quoi que ce fût qui ressemblât à des cris ou à une lutte, on l'aurait entendu, car Caunter, le plus âgé des élèves de la pièce voisine, a le sommeil très léger.

« Dès que fut découverte la disparition de lord Saltire, je fis aussitôt rassembler tout l'établissement – élèves, professeurs et domestiques. Ce fut ainsi qu'on constata que l'enfant n'avait pas fui seul. Le professeur d'allemand Heidegger manquait. Sa chambre est au second, à l'autre bout du bâtiment, faisant face du même côté que celle de lord Saltire. Lui aussi s'était couché, car son lit était défait ; toutefois il était parti, semblait-il, partiellement vêtu, car sa chemise et ses chaussettes étaient restées par terre. Il avait certainement utilisé le lierre pour descendre jusqu'à terre car nous avons pu voir la trace de ses pas sur la pelouse là où il a atterri. Sa bicyclette, garée dans un abri voisin de cette pelouse, a disparu, elle aussi.

« L'Allemand était chez moi depuis deux ans et possédait d'excellentes références ; c'était un homme morose et taciturne qui n'était populaire ni auprès des maîtres ni auprès des élèves. On ne put trouver nulle trace des fugitifs et maintenant, jeudi matin, nous demeurons aussi ignorants que nous l'étions mardi. On s'est, bien entendu, renseigné au château d'Holdernesse. Il n'est qu'à quelques kilomètres et on pouvait croire que, pris d'une nostalgie soudaine, l'enfant était reparti retrouver son père ; mais on n'en avait pas de nouvelles. Le duc est extrêmement ému – quant à moi, vous avez pu constater dans quel état de prostration nerveuse l'inquiétude et la responsabilité m'ont mis. Monsieur Holmes, s'il vous arrive jamais de mettre en action la totalité de vos pouvoirs, je vous conjure de le faire maintenant, car de votre vie vous ne vous êtes trouvé devant un cas qui le méritât davantage.

Sherlock Holmes avait écouté avec la plus grande attention l'exposé du malheureux principal. Ses sourcils froncés et le profond sillon qui se creusait en leur milieu attestaient qu'il n'y avait pas besoin de l'exhorter à concentrer toute son attention sur un problème qui, en dehors des formidables intérêts en cause, était bien fait pour le séduire par sa complexité et son étrangeté. Il tira son calepin et prit note d'une ou deux choses.

– C'est une grosse négligence que de ne pas être venu plus tôt, dit-il sévèrement. Vous me lancez dans mes investigations avec un sérieux handicap. On ne peut douter, par exemple, que le lierre et la pelouse auraient fourni des éléments appréciables à un observateur exercé.

– Ce n'est pas moi qu'il faut blâmer. Le duc désirait vivement éviter toute espèce de scandale public. Il craignait que ses malheurs conjugaux ne fussent étalés dans les journaux. Il a horreur de tout cela.

– Mais il y a bien eu des recherches officielles ?

– Oui, monsieur, des investigations qui se sont révélées fort décevantes. On a tout de suite recueilli un semblant de piste car un enfant et un jeune homme avaient été vus quittant la gare voisine par un train qui partait de bonne heure. Hier seulement on a eu des nouvelles de ces deux personnes : retrouvées à Liverpool, elles n'ont absolument rien à voir avec le problème qui nous préoccupe. C'est alors que dans mon désespoir et ma déception je suis, après une nuit d'insomnie, venu tout droit à vous, par le premier train.

– J'imagine que les recherches locales ont été suspendues pendant qu'on suivait cette fausse piste ?

– On les a totalement abandonnées.

– De sorte que trois jours ont été perdus. L'affaire a été menée d'une façon on ne peut plus déplorable.

– J'en ai le sentiment et je le reconnais.

– C'est pourtant un problème susceptible, en fin de compte, d'une solution. Je serai très heureux de l'approfondir. Avez-vous pu déterminer une relation entre l'enfant disparu et le professeur d'allemand ?

– Aucune.

– Etait-il dans sa classe ?

– Non. Autant que je sache, il ne lui a jamais adressé la parole.

– Voilà qui est certes fort singulier. Le petit avait-il une bicyclette ?

– Non.

– En manque-t-il une seconde ?

– Non.

– Est-ce bien certain ?

– Tout à fait.

– Alors, voyons, vous ne prétendez pas suggérer sérieusement que cet Allemand est parti à bicyclette, en pleine nuit, en portant le gamin dans ses bras ?

– Certainement pas.

– Alors, quelle théorie envisagez-vous ?

– La bicyclette était peut-être destinée à nous égarer. Il se peut qu'on l'ait cachée quelque part et que tous deux soient partis à pied.

– En effet, mais le piège paraît assez absurde, hein ? Y avait-il d'autres bicyclettes dans le garage ?

– Plusieurs.

– Alors est-ce qu'on n'en aurait pas plutôt caché deux si on avait eu le dessein de faire croire qu'on était parti avec ?

– Sans doute.

– Mais bien entendu. Cette théorie de la fausse piste ne

vaut rien. Néanmoins, l'incident constitue un admirable point de départ pour une investigation. Après tout, une bicyclette n'est pas un objet facile à cacher ou à détruire. Une autre question encore : quelqu'un est-il venu voir l'enfant la veille de sa disparition ?

– Non.

– A-t-il reçu des lettres ?

– Oui, une.

– De qui ?

– De son père.

– Est-ce que vous ouvrez les lettres de vos élèves ?

– Non.

– Comment savez-vous qu'elle venait de son père ?

– Par les armes sur l'enveloppe dont l'adresse était de l'écriture caractéristique de raideur du duc. En outre, celui-ci se rappelle qu'il a écrit.

– Quand avait-il reçu une lettre, avant cela ?

– Pas depuis plusieurs jours.

– En recevait-il parfois de France ?

– Jamais.

– Vous voyez, naturellement, le but de mes questions. Ou bien l'enfant a été emmené de force, ou bien il est parti de son plein gré. Dans le second cas, on s'attendrait qu'un encouragement venu du dehors soit nécessaire pour qu'un garçon aussi jeune agisse comme il l'a fait. Si personne n'est passé le voir, cet encouragement a dû venir par lettre. Ce pour quoi j'essaie de déterminer quels furent ses correspondants.

– Je crains de ne pouvoir vous être d'un grand secours : son seul correspondant, que je sache, était son père.

– Qui lui a écrit le jour même de sa disparition. Les relations entre père et fils étaient-elles très amicales ?

– Le duc n'est jamais très amical avec personne. Il est complètement absorbé par les grands problèmes nationaux et demeure assez inaccessible aux émotions ordinaires. Mais, à sa façon, il a toujours été gentil avec son fils.

– Cependant les préférences de celui-ci allaient à sa mère ?

– Oui.

– L'a-t-il proclamé ?

– Non.

– C'est le duc, alors ?

– Grand Dieu, non !

– Alors, comment avez-vous pu le savoir ?

– J'ai eu une conversation confidentielle avec le secrétaire du duc, M. James Wilder. C'est lui qui m'a renseigné sur les sentiments de lord Saltire.

– Je vois. Au fait, cette dernière lettre du duc, l'a-t-on trouvée dans la chambre de l'enfant après son départ ?

– Non. Il l'a emportée. Je crois, monsieur Holmes, qu'il est temps que nous partions pour la gare.

– Je vais commander un fiacre. Dans un quart d'heure nous sommes à votre disposition. Si vous télégraphiez chez vous, monsieur Huxtable, il ne serait pas mauvais de laisser croire aux gens du voisinage que l'enquête se poursuit toujours à Liverpool ou n'importe où ailleurs, là où la fausse piste aura emmené la meute. Dans l'intervalle, je me livrerai à une discrète enquête à notre porte même et peut-être la piste ne sera-t-elle pas refroidie à tel point que deux vieux limiers comme Watson et moi n'y trouvions quelque chose à flairer.

La soirée nous trouva dans l'atmosphère froide et vivifiante du nord de l'Angleterre, où était située la fameuse école du docteur Huxtable. Il faisait déjà noir quand nous y arrivâmes. Une carte était posée sur la table du vestibule et le domestique murmura quelque chose à son patron qui se retourna vers nous, tous les traits de son pesant visage empreints d'agitation.

– Le duc est là ! dit-il. Le duc est dans mon bureau avec M. Wilder. Venez, messieurs, je vais vous présenter.

Bien entendu, les portraits du fameux homme d'Etat m'étaient familiers, mais l'homme était tout différent de ses effigies. C'était un monsieur de haute et imposante stature, vêtu avec un soin scrupuleux et dont le visage mince et tiré s'ornait d'un nez grotesquement long et crochu. Son teint était d'une mortelle pâleur, ce qui faisait un contraste encore plus frappant avec la longue barbe rousse effilée qui descendait sur son gilet blanc, assez bas pour que sa chaîne de montre brillât dans ses franges. Tel était le majestueux personnage qui, debout au milieu du tapis de foyer du docteur Huxtable, nous fixait d'un regard impassible. A côté de lui, se tenait un très jeune homme que je devinai comme étant Wilder, son secrétaire particulier. Petit, nerveux, alerte, il avait des yeux bleus intelligents et un visage d'une grande mobilité. Ce fut lui, qui, aussitôt, d'un ton incisif et catégorique, ouvrit la conversation.

– Je suis venu vous voir ce matin, docteur Huxtable, trop tard pour vous empêcher de partir pour Londres. J'ai appris que votre dessein était d'inviter M. Sherlock Holmes à se charger de cette enquête. Le duc est surpris, docteur, que vous ayez entrepris une pareille démarche sans le consulter.

– Quand j'ai appris que la police avait échoué...

– Le duc n'est en aucune façon convaincu que la police a échoué.

– Mais sûrement, monsieur Wilder...

– Vous savez parfaitement, docteur Huxtable, que le duc est tout particulièrement désireux d'éviter tout esclandre. Il préfère mettre le moins de gens possible dans la confidence.

– Il est facile de remédier au mal, dit le docteur, confondu. M. Sherlock Holmes peut rentrer à Londres par le train de demain matin.

– Tout de même pas, docteur, tout de même pas, dit Holmes de sa voix la plus suave. Cet air du Nord est à la fois stimulant et agréable, aussi je me propose de passer quelques jours sur vos landes et d'occuper de mon mieux mon intellect. Aurai-je l'abri de votre toit ou bien celui de l'auberge du village ? Cela, bien sûr, c'est à vous d'en décider.

Je voyais que l'infortuné docteur était au dernier stade de l'irrésolution, quand il en fut tiré par la voix sonore et profonde du duc à barbe rousse ; elle tonnait comme un gong appelant pour le dîner :

– Je suis de votre avis, monsieur Wilder, le docteur aurait agi sagement en me consultant. Mais puisque M. Holmes est déjà dans la confidence, il serait certes absurde de ne pas nous prévaloir de ses services. Bien loin d'aller à l'auberge du village, je serais heureux, monsieur Holmes, si vous pouviez être mon hôte, au château d'Holdernesse.

– Je vous remercie, monsieur. Pour mon enquête, il est plus sage, je crois, de rester sur le théâtre du mystère.

– Comme vous voudrez, monsieur Holmes. Toute information que M. Wilder ou moi-même pouvons vous donner est, naturellement, à votre disposition.

– Il sera sans doute nécessaire que je vous voie au château, dit Holmes. Je désirerais seulement vous demander maintenant, monsieur, si vous avez, dans votre esprit, formé une explication à la mystérieuse disparition de votre fils ?

– Non, monsieur.

– Veuillez m'excuser de faire allusion à un sujet qui vous est pénible, mais je n'ai pas le choix. Croyez-vous que la duchesse soit pour quelque chose dans l'affaire ?

Le grand ministre marqua une perceptible hésitation.

– Je ne le pense pas, dit-il enfin.

– Une autre explication qui vient tout de suite à l'esprit, c'est que l'enfant a été kidnappé dans le but d'obtenir une rançon. Avez-vous été l'objet d'une exigence de ce genre ?

– Non, monsieur.

– Une dernière question encore, monsieur. J'ai cru comprendre que vous aviez écrit à votre fils le jour même où l'incident s'est produit

– Non, je lui ai écrit la veille.

– Exactement, mais il a reçu la lettre ce jour-là.
– Oui.
– Y avait-il dans votre lettre quelque chose qui fût de nature à le déconcerter ou à l'inciter à un acte de ce genre ?
– Non, monsieur, certainement pas.
– Avez-vous mis cette lettre à la poste vous-même ?
La réponse du gentilhomme fut devancée par celle de son secrétaire qui s'interposa avec quelque chaleur.
– Le duc n'a pas l'habitude de porter les lettres à la poste lui-même, dit-il. Cette lettre fut placée, avec d'autres, sur la table du bureau et je les ai mises moi-même dans le sac postal.
– Vous êtes certain que celle-là était du nombre ?
– Oui, je l'ai remarquée.
– Combien de lettres avez-vous écrites ce jour-là ?
– Vingt ou trente. J'ai une grosse correspondance. Mais vous ne croyez pas que tout cela est étranger à la question ?
– Pas totalement, dit Holmes.
– Pour ma part, poursuivit le duc, j'ai conseillé à la police de tourner son attention du côté du midi de la France. J'ai déjà dit que je ne crois pas que la duchesse encouragerait un geste aussi monstrueux, mais l'enfant avait les idées les plus fausses, et il se peut qu'il se soit sauvé pour aller la rejoindre, avec l'aide et l'appui de cet Allemand. Je crois, docteur Huxtable, que nous allons regagner le château.
Je voyais qu'il y avait d'autres questions que Holmes aurait bien voulu poser ; mais les manières catégoriques du grand seigneur montraient que l'entretien était terminé. Il allait de soi que, pour une nature aussi aristocratique, cette discussion de ses affaires de famille avec un étranger était plus qu'il n'en pouvait admettre et qu'il craignait toute nouvelle question susceptible d'éclairer d'une lumière plus vive les recoins discrètement ombrés de son histoire ducale.
Quand le gentilhomme et son secrétaire furent partis,

mon ami se lança avec son ardeur habituelle dans ses investigations.

La chambre de l'enfant fut examinée avec soin et ne fournit aucun renseignement en dehors de la conviction qu'on en retira qu'il n'avait pu fuir que par la fenêtre. La chambre du professeur d'allemand ne fournit aucun nouvel indice et ses effets non plus. En ce qui le concernait, une branche du lierre avait cédé sous son poids et nous vîmes, à la lueur d'une lanterne, la trace que ses talons avaient, en arrivant en bas, laissée sur le gazon. Cette unique entaille dans l'herbe courte était le seul témoignage matériel qu'il restait de l'inexplicable fuite nocturne.

Sherlock Holmes sortit seul de la maison et ne revint qu'après onze heures du soir. Il avait pu se procurer une grande carte d'état-major des parages et il vint dans ma chambre l'étaler sur mon lit. Après quoi, ayant, en son milieu, posé la lampe en équilibre, il se mit à fumer la pipe en la considérant et en me désignant de temps à autre, du bout ambré de sa pipe, certains éléments d'intérêt.

– Cette affaire m'envahit l'esprit, Watson, me dit-il. Certains points en sont extrêmement intéressants. A ce stade encore peu avancé, je voudrais que vous vous rendiez compte de ses particularités géographiques, car elles peuvent intervenir de façon considérable dans nos investigations.

« Vous voyez cette carte. Le carré noir, c'est l'école du Prieuré. Je plante une épingle dessus. Maintenant, cette ligne-ci, c'est la route principale. Vous voyez qu'elle va d'est en ouest en passant devant l'école, et vous voyez aussi qu'il n'y a pas, ni d'un côté ni de l'autre, de route qui en parte à moins de quinze cents mètres de là. Si nos deux gaillards sont partis par la route, c'est forcément par celle-là.

– Exactement.

– Par une chance singulière, nous sommes en mesure de contrôler ce qui est passé sur cette route la nuit en question. A cet endroit, que je vous indique du bout de ma pipe, un garde de la police locale s'est trouvé de service de minuit à six heures du matin. C'est, comme vous le voyez, le premier croisement en allant vers l'est. Le bonhomme affirme qu'il n'a pas quitté son poste un seul instant et il est catégorique : ni homme ni enfant n'auraient pu passer inaperçus. Je lui ai parlé ce soir et il m'a tout l'air d'un garçon à qui on peut se fier. Cela bloque donc ce côté de la route. Occupons-nous de l'autre. Il y a ici une auberge, « Le Taureau rouge », dont la patronne était malade. Elle avait envoyé chercher un docteur à Mackleton, mais il n'est arrivé qu'au matin parce qu'il était retenu par une autre consultation. Les gens de l'auberge sont donc restés sur le qui-vive toute la nuit pour l'attendre et il semble que l'un d'eux a de façon continuelle surveillé la route. Ils affirment que personne n'est passé. Si leur témoignage est valable, alors nous sommes assez heureux pour avoir bloqué l'ouest aussi, ce qui nous met à même de dire que les fugitifs n'ont pas du tout suivi la route.

– Mais la bicyclette ? objectai-je.

– En effet. Nous allons arriver à la bicyclette dans un instant. Pour poursuivre notre raisonnement : si nos gaillards ne sont pas partis par la route, ils ont dû traverser la campagne au nord ou au sud de la maison. C'est un fait certain. Envisageons les deux éventualités. Au sud il y a, comme vous le voyez, un large secteur de terre arable, morcelée en petits champs, séparés par des murs en pierre. Là, je reconnais qu'une bicyclette est impossible. Nous pouvons en bannir l'idée. Tournons-nous donc vers la campagne nord. Là, nous trouvons un boqueteau, marqué comme « Le Fourré déchiqueté » et au-delà s'étend une grande lande ondulée, la lande du Bas-Jabot qui couvre bien une quinzaine de kilomètres et ne cesse de monter en pente douce. Ici, d'un côté de cet espace désertique, se place le château d'Holdernesse, à une quinzaine de kilomètres par la route, mais à une dizaine seulement en traversant cette lande qui est particulièrement désolée, car c'est tout juste si quelques petits agriculteurs y élèvent des moutons et autres bestiaux. En dehors de ceux-ci, le pluvier et le courlis sont les seuls hôtes de ces parages jusqu'à ce qu'on arrive à la grand-route de Chesterfield. Là, il y a une église, vous le voyez, plus quelques maisonnettes et une auberge. Après, les collines deviennent dangereusement accidentées. C'est sûrement au nord qu'il faut porter notre enquête.

– Mais la bicyclette ? m'entêtai-je.

– Eh bien, quoi ! un bon cycliste n'a pas besoin d'une grand-route, dit Holmes avec impatience. La lande est coupée de sentiers et la lune était pleine. Tiens ! que se passe-t-il ?

On frappait précipitamment à la porte et un instant plus tard, le docteur Huxtable était dans la pièce. Il tenait à la main une casquette d'écolier ornée d'un chevron blanc sur la visière.

– Enfin un indice ! s'écria-t-il. Dieu soit loué, nous voici enfin sur la piste de ce cher enfant ! Voici sa casquette.

– Où l'a-t-on trouvée ?

– Dans la voiture des Bohémiens qui campaient sur la lande. Ils sont partis mardi. La police les a rattrapés et a fouillé leurs roulottes. Elle a déniché cela.

– Comment en expliquent-ils la présence ?

– Ils bafouillent et mentent – ils racontent qu'ils l'ont ramassée sur la lande mardi matin. Ils savent où est le petit, les gredins ! Dieu merci, les voilà sous les verrous. La crainte du châtiment ou l'argent du duc arrivera bien à tirer d'eux tout ce qu'ils savent.

– C'est toujours cela, dit Holmes quand le docteur eut enfin quitté la pièce. Le fait vient du moins à l'appui de ma théorie que c'est du côté de la lande du Bas-Jabot qu'il faut espérer obtenir des résultats. La police n'a rien fait d'efficace, localement, en dehors de cette arrestation des Bohémiens. Ecoutez, Watson, il y a un cours d'eau qui traverse la lande. Vous le voyez, là sur la carte. En certains endroits il s'élargit jusqu'à former un marécage. Il en est plus spécialement ainsi dans la région située entre le château d'Holdernesse et l'école. Il est vain, par ce temps de sécheresse, de chercher des traces ailleurs mais, à cet endroit-là, il y a certes une chance que quelque chose subsiste. Je vous appellerai de bonne heure demain matin et nous essaierons de voir si nous pouvons projeter sur le mystère une lumière nouvelle.

Le jour se levait tout juste quand je m'éveillai et vis à côté de mon lit la longue silhouette mince de Holmes. Il était tout habillé et semblait déjà être sorti.

– J'ai fait la pelouse et le garage de bicyclettes, dit-il. Maintenant, Watson, il y a du cacao qui vous attend dans la pièce voisine. Je suis forcé de vous demander de vous dépêcher car nous avons une journée bien remplie devant nous.

Ses yeux étincelaient, et ses joues s'empourpraient de l'ardeur du maître ouvrier qui considère son travail disposé devant lui. Un Holmes tout différent, en son activité alerte, du rêveur exsangue qui, à Baker Street, passait son temps à se livrer à des études d'introspection. J'eus l'impression, en considérant sa souple silhouette, débordante d'énergie nerveuse, que la journée qui se préparait allait certes comporter de rudes efforts.

Et pourtant, elle s'ouvrit par une noire déception. Pleins de grands espoirs nous nous mîmes en route sur la tourbe roussâtre de la lande coupée de mille sentiers de moutons, jusqu'au moment où nous arrivâmes à la large ceinture vert clair dont s'entourait le marécage qui nous séparait d'Holdernesse. Si l'enfant était parti en direction de son foyer, il avait forcément dû passer par là et il n'avait pu franchir ces marais sans y laisser de traces. Mais nous ne vîmes nul indice de son passage ou de celui de l'Allemand. Le visage assombri, mon ami parcourait le bord du marais en observant avec attention toutes les taches de boue qui trouaient la surface moussue. Des traces de moutons, il y en avait à profusion, et même, à un endroit, au bout de quelques kilomètres, des vaches avaient laissé des empreintes. Mais rien d'autre.

– Contrôle numéro un, dit Holmes en contemplant d'un air morose l'étendue ondulée de la lande. Il y a un autre marais là-bas de l'autre côté, avec un étroit goulet entre les deux. Tiens, tiens, tiens, qu'est-ce que c'est que cela ?

Nous étions parvenus sur un petit sentier qui formait comme un ruban noir. En son milieu, nettement marquée sur le sol tassé, se voyait l'empreinte d'une bicyclette.

– Bravo ! m'écriai-je. Nous le tenons.

Mais Holmes secouait la tête et son visage semblait intrigué et curieux plutôt que satisfait.

– Une bicyclette, certainement, mais non pas *la* bicyclette. Je connais quarante-deux types différents d'impressions laissées par des pneus. Celui-ci, comme vous pouvez le voir, est un Dunlop, avec une pièce sur le bord extérieur. Les pneumatiques d'Heidegger étaient des Palmer qui laissent une bande longitudinale. Aveling, le professeur de mathématiques, était formel sur ce point. Ce n'est donc pas la trace d'Heidegger.

– Celle de l'enfant, alors ?

– Peut-être, si nous pouvions prouver qu'il avait une bicyclette. Mais nous n'y sommes absolument pas parvenus. Cette empreinte, comme vous le voyez, a été laissée par un cycliste qui s'éloignait de l'école.

– Ou qui y allait ?

– Non, non, mon cher Watson. L'empreinte la plus profonde est bien entendu celle de la roue arrière sur laquelle repose le poids. Vous voyez plusieurs endroits où elle traverse et oblitère la marque moins profonde laissée par la roue avant. Sans aucun doute, cela s'éloigne de l'école. Il se peut que cela ait ou n'ait pas un rapport avec notre enquête, mais nous allons la suivre en remontant en arrière avant de passer à autre chose.

Nous le fîmes et au bout de quelques centaines de mètres perdîmes la piste quand nous quittâmes la partie marécageuse de la lande. En remontant le sentier, nous trouvâmes un autre point, où une source le coupait d'un filet d'eau. Là encore, bien qu'à peu près effacée par les sabots de vaches, nous remarquâmes le sillage de la bicyclette. Après, il n'y avait plus le moindre indice, mais le sentier entrait droit dans le Fourré déchiqueté, ce boqueteau qui se trouvait adossé à l'école. C'était de ce bois que la bicyclette avait dû sortir. Holmes s'assit sur un rocher et posa son menton dans ses mains. J'avais fumé deux cigarettes quand il se décida à bouger.

– Eh bien, dit-il enfin, il se peut, bien entendu, qu'un homme rusé change les pneus de sa bicyclette pour laisser des traces qui ne le dénonceraient pas, et un criminel qui serait capable d'une telle rouerie constituerait un adversaire auquel je serais fier d'avoir affaire. Nous laisserons quand même cette question sans solution et nous repartirons vers notre marécage, car il en reste une bonne partie à explorer.

Nous poursuivîmes notre arpentage systématique du bord de la partie fangeuse de la lande et bientôt notre persévérance fut magnifiquement récompensée.

Au beau milieu de la partie inférieure du marais courait un sentier bourbeux. Holmes ne put réprimer un cri de joie en s'en approchant : au centre se voyait une empreinte qui ressemblait à un fin réseau de fils télégraphiques. Celle d'un pneu Palmer.

– Cette fois, voici bien Herr Heidegger ! s'écria Holmes, ravi. Il semble que j'aie raisonné juste, Watson.

– Je vous en félicite.

– Mais nous avons encore loin à aller. Ayez l'obligeance de marcher sur le bord du sentier. Maintenant, suivons la piste. J'ai bien peur qu'elle ne nous mène pas très loin.

Nous constatâmes, toutefois, que cette partie de la lande était coupée de taches où le sol était mou, si bien que, tout en perdant souvent la piste de vue, nous la retrouvions toujours.

– Est-ce que vous remarquez, dit Holmes, que le cycliste, maintenant, force sûrement l'allure ? Cela ne fait pas de doute : regardez cette empreinte, où les deux pneus sont nettement visibles. Ils sont aussi profondément marqués l'un que l'autre. Cela ne peut que vouloir dire que l'homme pèse de tout son poids sur le guidon comme s'il faisait de la vitesse. Diable ! il est tombé !

Il y avait en effet, pendant quelques mètres, une large traînée irrégulière, puis quelques traces de pas ; ensuite les roues réapparaissaient.

– Un dérapage, suggérai-je.

Holmes tenait à la main, pour me la montrer, une branche d'ajonc en fleur, toute froissée. Avec horreur j'aperçus sur les pétales jaunes des taches écarlates. Sur le sentier aussi, ainsi que dans la bruyère, se remarquaient des taches sombres de sang caillé.

– Mauvais, dit Holmes. Sale histoire ! Ecartez-vous, Watson. Pas un pas superflu ! Qu'est-ce que je lis là ? Il est tombé, s'est relevé, puis s'est remis en route sur sa machine. Mais il n'y a plus d'autres traces. Du bétail, sur ce sentier latéral. Sûrement, il ne s'est pas fait éventrer par un taureau ? Impossible ! Mais je ne vois plus trace de personne d'autre. Il faut continuer, Watson. Avec des taches de sang en plus des empreintes de pneus, il ne peut sûrement pas nous échapper maintenant.

Nos recherches ne furent pas très longues. Les traces de pneus se mirent à décrire, sur le sentier humide et brillant, des courbes fantastiques. Tout à coup, en regardant devant nous, j'aperçus, parmi les épaisses touffes d'ajoncs, un éclair métallique qui me tira l'œil. Des buissons, nous sortîmes une bicyclette munie de pneus Palmer ; une pédale en était tordue et tout l'avant en était affreusement souillé et taché de sang. De l'autre côté des touffes d'ajoncs un soulier dépassait. Nous courûmes jusque-là et nous y découvrîmes le cadavre du malheureux cycliste. Grand, il portait toute sa barbe et des lunettes dont un verre était brisé. Il était mort d'un formidable coup sur la tête qui lui avait en partie défoncé le crâne. Le fait qu'il avait pu continuer, après une pareille blessure, en disait long sur le courage et la vitalité du gaillard. Il portait des souliers bas, mais pas de chaussettes, et son veston ouvert laissait apercevoir une chemise de nuit. C'était indubitablement le professeur d'allemand.

Holmes, avec beaucoup d'égards, retourna le cadavre et l'examina minutieusement. Puis il resta à réfléchir un moment et je pus voir, à son front plissé, que cette sinistre découverte n'avait pas, selon lui, beaucoup avancé notre enquête.

– C'est un peu difficile de savoir quoi faire, Watson, me dit-il enfin. Mon désir serait de pousser nos recherches, car nous avons déjà tellement perdu de temps que nous ne pouvons plus gaspiller une seule heure. D'autre part, nous sommes forcés d'aviser la police de cette découverte et de veiller à ce qu'on s'occupe du corps de ce pauvre type.

– Je pourrais leur porter un mot.

– Mais j'ai besoin de votre compagnie et de votre assistance. Un instant ! Il y a là un bonhomme qui découpe de la tourbe. Allez le chercher et il servira de guide à la police.

J'amenai le paysan et Holmes expédia le malheureux, épouvanté, avec un message pour le docteur Huxtable.

– Maintenant, Watson, me dit-il, nous avons ce matin trouvé deux indices. L'un est la machine à pneus Palmer et nous savons où elle nous a menés. L'autre est la bicyclette avec ce pneu Dunlop rapiécé. Avant de pousser nos recherches de ce côté-là, essayons de nous rendre compte de ce qu'effectivement nous savons et de séparer l'essentiel de l'accidentel.

« Tout d'abord, je tiens à bien vous persuader de ce que le gamin est parti de son propre gré. Il est passé par la fenêtre et a filé, soit seul, soit accompagné. Cela, c'est sûr.

J'approuvai.

– Passons maintenant à ce malheureux professeur d'allemand. L'enfant était complètement vêtu quand il a pris la fuite. Donc, il savait ce qu'il allait faire. L'Allemand, lui, est parti sans chaussettes. Il a donc agi avec un préavis très bref.

– Cela ne fait pas de doute.

– Pourquoi est-il parti ? Parce que de la fenêtre de sa chambre il a vu le petit s'enfuir. Parce qu'il voulait le rejoindre et le ramener. Il a pris sa bicyclette, a poursuivi l'enfant et, en le poursuivant, a trouvé la mort.

– C'est ce qu'il me semble.

– J'arrive maintenant à la partie critique du raisonnement. Le geste tout naturel d'un homme qui poursuit un petit garçon, c'est de lui courir après. Il sait qu'il le rejoindra. Ce n'est pas ce qu'a fait l'Allemand. Il va chercher sa bicyclette. Il était, m'a-t-on dit, excellent cycliste. Mais il n'agirait pas ainsi s'il ne savait pas que le petit possède je ne sais quel moyen de s'échapper rapidement.

– L'autre bicyclette.

– Poursuivons notre reconstitution. Il trouve la mort à deux lieues de l'école. Pas d'une balle, notez bien, qu'un gamin même pourrait à la rigueur tirer, mais d'un coup sauvage assené par un bras vigoureux. Le gamin, par conséquent, avait bien un compagnon dans sa fuite. Et cette fuite fut rapide, puisqu'il fallut huit kilomètres à un excellent cycliste pour les rejoindre. Cependant, en examinant le terrain autour de la scène de la tragédie, que trouvons-nous ? Quelques traces laissées par des bestiaux et rien de plus. Je suis allé voir plus loin et je n'ai pas trouvé de sentier à moins de cinquante pas de là. Un autre cycliste ne pourrait donc matériellement pas avoir été l'auteur du crime. Et il n'y a pas de traces de pas non plus.

– Holmes, m'écriai-je, c'est impossible !

– Admirable ! dit-il. Voilà une remarque qui éclaire tout. C'est effectivement impossible de la façon dont je l'expose et par conséquent mon exposé cloche à certains égards. Pourtant, vous avez comme moi vu ce qu'il en était. Découvrez-vous quelque erreur ?

– Il ne pourrait pas s'être fracturé le crâne en tombant ?

– Dans un marécage, Watson ?

– Je suis réduit à quia.

– Allons, allons, nous avons résolu des problèmes pires que celui-ci. Nous avons du moins quantité d'éléments, si seulement nous parvenons à les utiliser. Eh bien, puisque les Palmer sont épuisés, voyons ce que le Dunlop rapiécé peut nous offrir.

Nous suivîmes la piste en allant de l'avant pendant une certaine distance, mais bientôt la lande s'éleva en pente douce par une courbe garnie de bruyères qui laissait derrière elle le cours d'eau. Il n'y avait plus de traces à espérer. Au point où nous perdîmes de vue le pneu Dunlop, il aurait pu indifféremment mener au château d'Holdernesse dont nous apercevions à quelques kilomètres de là les tours majestueuses, ou à un village gris et bas qui, devant nous, marquait l'emplacement de la grand-route de Chesterfield.

Comme nous approchions de l'auberge sordide et peu engageante qui portait sur son enseigne un coq de combat, Holmes laissa échapper un subit gémissement et se raccrocha à mon épaule pour ne pas tomber. Il venait de se tordre la cheville d'une de ces façons qui vous laissent un homme incapable de bouger. Non sans difficulté il gagna en boitillant la porte où un homme figé, brun et trapu, fumait une pipe en terre noire.

– Comment allez-vous, monsieur Reuben Hayes ? demanda Holmes.

– Qui êtes-vous et comment savez-vous si bien mon nom ? répondit le paysan, avec un éclair soupçonneux dans ses yeux rusés.

– Eh bien, il est inscrit sur l'enseigne au-dessus de votre

tête. On voit sans peine que vous êtes le patron. Vous n'auriez pas une voiture, dans vos écuries ?

– Ça non.

– Je ne peux pas poser le pied par terre.

– Ne l'y posez pas.

– Mais je ne peux pas marcher.

– Sautez à cloche-pied, alors.

Les manières de M. Reuben Hayes étaient loin d'être gracieuses, mais Holmes s'en accommoda avec une admirable bonne humeur.

– Ecoutez, mon brave, dit-il. Pour moi, c'est vraiment malencontreux et peu m'importe comment je continue mon chemin.

– Peu m'importe à moi aussi, dit le patron, morose.

– La question a de l'importance pour moi. Je vous offrirais bien un souverain si je pouvais avoir une bicyclette.

L'aubergiste dressa l'oreille.

– Où voulez-vous aller ?

– A Holdernesse, au château.

– Des copains du duc, je suppose ? dit l'autre, avec un regard ironique à nos vêtements tout maculés de boue.

Holmes rit de bon cœur.

– Il sera content de nous voir, en tout cas.

– Pourquoi ?

– Parce que nous lui apportons des nouvelles de son fils perdu.

L'aubergiste accusa visiblement le coup.

– Quoi, vous êtes sur sa trace ?

– Il a été signalé à Liverpool. On compte mettre la main dessus d'un moment à l'autre.

De nouveau un prompt changement se produisit sur le visage lourd et mal rasé du patron dont l'attitude se fit presque cordiale.

– J'ai *mouins* de raisons de *souatter* du bien au duc que la plupart des gens, dit-il. J'ai été son premier cocher, fut un temps, et il m'a traité salement mal. C'est lui qui m'a congédié sans certificat sur les dires d'un *menteux* de grainetier. Mais je suis content d'apprendre que le jeune lord a été signalé à Liverpool et je vous aiderai à porter la nouvelle au château.

– Merci, dit Holmes. Nous allons commencer par manger un morceau, et puis vous pourrez apporter la bicyclette.

– J'ai pas de bicyclette.

Holmes lui tendit un souverain.

– Mais je vous dis, mon bon, que je n'en ai pas. Je vous prêterai deux chevaux pour aller jusqu'au château.

– Bon, bon, dit Holmes. On en reparlera après que nous aurons mangé.

Une fois seuls dans la cuisine dallée, ce fut surprenant avec quelle promptitude se remit la fameuse entorse de la cheville. Il faisait presque nuit et nous n'avions rien absorbé depuis l'aurore, de sorte que notre repas nous prit du temps. Holmes était perdu dans ses pensées et une ou deux fois il alla jusqu'à la fenêtre pour regarder au-dehors avec attention. La vue donnait sur une cour sordide. Dans le coin le plus éloigné, un valet malpropre travaillait. De l'autre côté se trouvaient les écuries. Holmes venait de se rasseoir après l'une de ses expéditions à la fenêtre quand il bondit soudain sur ses pieds avec une bruyante exclamation.

– Tudieu ! Watson, je crois que j'y suis ! s'écria-t-il. Oui, oui, ça doit être ça. Watson, vous vous rappelez avoir vu des traces de passage de vaches, aujourd'hui ?

– Certes, plusieurs fois. Où ça ?

– Eh bien, mais, partout. Au marais, et puis dans le sentier, et de nouveau près de l'endroit où le pauvre Heidegger a trouvé la mort.

– Exactement. Eh bien, maintenant, combien de vaches avez-vous vues sur la lande ?

– Je ne me souviens pas d'en avoir vu aucune.

– Etrange, Watson, que nous ayons trouvé tant de traces

de vaches sur notre chemin et pas une seule bête dans toute la lande ; très étrange, hein, Watson ?

– Très étrange, en effet.

– Maintenant, Watson, faites un effort : par la pensée, reportez-vous en arrière. Est-ce que vous les voyez, ces traces de sabots sur le chemin ?

– Oui.

– Vous rappelez-vous qu'elles étaient parfois comme ceci, Watson (il arrangea quelques miettes de pain de la façon suivante :) : : : : : – quelquefois comme cela : – : . : . : . : . : et, à l'occasion, comme cela : . · . · . · . · . – Est-ce que vous arrivez à vous rappeler cela ?

– J'avoue que non.

– Moi si. Je pourrais en jurer. Quoi qu'il en soit, nous retournerons vérifier à loisir. Quel cafard aveugle j'ai été de ne pas en tirer de conclusion !

– Et quelle est votre conclusion ?

– Seulement que c'est une vache bien remarquable que celle qui marche, trotte ou galope. Pardieu, Watson, ce n'est pas le cerveau d'un bistrot de campagne qui a été penser à une fausse piste comme celle-là. Il n'y a personne en vue si j'excepte le gars qui est dans la forge : glissons-nous dehors et voyons ce qu'il y a à voir.

Il y avait, dans l'étable en désordre, deux chevaux au poil rude et mal entretenu. Holmes souleva le sabot de derrière à l'un et se mit à rire bruyamment.

– De vieux fers, mais ferrés à neuf – de vieux fers, mais des clous neufs. Cette affaire mérite de devenir un classique. Allons voir jusqu'à la forge.

Le garçon poursuivit son travail sans faire attention à nous. Je vis le regard de Holmes fureter de droite et de gauche dans le tas de débris de ferrailles et de bois qui jonchaient le sol. Soudain, nous entendîmes un pas derrière nous et nous vîmes le cabaretier, ses gros sourcils froncés sur ses yeux sauvages et les traits mauvais convulsés de fureur.

Il tenait à la main une sorte de badine à tête métallique et s'avançait d'un air si menaçant que je fus heureux de sentir mon revolver dans ma poche.

– Maudits espions ! s'écria l'homme. Qu'est-ce que vous faites là ?

– Eh bien, quoi, monsieur Reuben Hayes, dit Holmes avec calme, on pourrait croire que vous craignez que nous ne découvrions quelque chose.

L'autre se maîtrisa au prix d'un violent effort et sa bouche sinistre se détendit en un rire forcé, plus menaçant encore que ses sourcils froncés.

– Tout ce que vous pourrez trouver dans ma forge est à votre service, dit-il. Mais, écoutez voir, monsieur, ça ne me chante pas qu'on fouine chez moi sans ma permission, alors, plus tôt vous aurez payé votre compte et décampé, plus je serai content.

– Bien, monsieur Hayes... on ne voulait pas vous offenser, dit Holmes. On est venus jeter un coup d'œil à vos chevaux, mais je crois tout compte fait que nous irons à pied. Ce n'est pas loin, à ce qu'il me semble.

– Pas plus de trois kilomètres d'ici les grilles. La route est là à gauche.

Il nous suivit d'un œil maussade pendant que nous nous éloignions. Nous ne continuâmes pas longtemps sur la route, car Holmes s'arrêta dès qu'un tournant nous eut masqué le cabaretier.

– Nous brûlions, comme disent les enfants, dans cette auberge, dit-il. J'ai l'impression de refroidir à chaque pas qui m'en éloigne. Non, non, je me refuse à la quitter.

– Je suis convaincu, dis-je, que ce Reuben Hayes sait tout ce qu'il y a à savoir. Jamais je n'ai vu un traître aussi avéré.

– Ah ! c'est l'impression qu'il vous a faite, hein ? Il y a les chevaux, il y a la forge. Oui, c'est un endroit intéressant que ce « Coq de combat ». Je crois que nous y jetterons un autre coup d'œil, de discrète façon.

Une longue colline en pente douce, parsemée de rochers calcaires gris, s'étendait derrière nous. Nous avions quitté la route et nous gravissions le coteau quand, en regardant dans la direction du château d'Holdernesse, je vis un cycliste qui venait à bonne allure.

– Couchez-vous, Watson ! me cria Holmes, en pesant de sa main sur mon épaule.

A peine nous étions-nous dissimulés que l'homme fila devant nous sur la route. Au milieu d'un mouvant nuage de poussière j'aperçus un visage livide et tourmenté – une figure dont tous les traits, la bouche tordue et les yeux écarquillés exprimaient l'horreur. C'était comme une étrange caricature du gracieux James Wilder que nous avions vu la veille.

– Le secrétaire du duc ! s'écria Holmes. Vite, Watson, voyons ce qu'il va faire !

Nous nous faufilâmes de roc en roc jusqu'à ce que, peu après, nous nous trouvâmes à un endroit d'où nous pouvions voir la porte d'entrée de l'auberge. La bicyclette de Wilder était auprès, appuyée au mur. Personne ne bougeait dans les parages de la maison et nous ne pouvions pas non plus entrevoir de visages aux fenêtres. Lentement, le crépuscule tomba en même temps que le soleil déclinait derrière les hautes tours du château. Puis, dans la pénombre, nous vîmes les deux lanternes d'une voiture s'allumer dans la cour de l'auberge et, peu après, nous entendîmes le bruit des sabots des chevaux qui l'emmenaient à furieuse allure dans la direction de Chesterfield.

– Qu'est-ce que vous pensez de cela, Watson ? me chuchota Holmes.

– Ça ressemble à une fuite.

– Un homme seul dans un dog-cart, autant que je puisse en juger. Eh bien, ce n'était sûrement pas M. James Wilder, car le revoici à la porte.

Un carré de lumière rouge venait de surgir dans l'obscurité. En son centre se découpait en noir la silhouette du secrétaire, qui, tendant le cou, semblait scruter l'obscurité. Il attendait évidemment quelqu'un. Enfin, on entendit des pas sur la route, une deuxième silhouette fut un instant visible devant l'écran de lumière, et ce fut de nouveau l'obscurité. Cinq minutes plus tard, une lampe s'alluma dans une pièce du premier étage.

– Il semble qu'on s'adresse à une drôle de clientèle, dans ce « Coq de combat », dit Holmes.

– Le bar se trouve de l'autre côté.

– D'accord. Ceux-ci sont ce qu'on pourrait appeler les invités particuliers du patron. Maintenant, que diable M. James Wilder peut-il faire là à cette heure de la nuit et quel est le compère qui vient l'y retrouver ? Allons, Watson, il faut absolument que nous prenions un risque et que nous essayions d'y voir plus clair.

Ensemble, nous nous glissâmes sur la route et nous nous avançâmes sans bruit jusqu'à la porte de l'auberge. La bicyclette se trouvait toujours appuyée contre le mur. Holmes gratta une allumette et l'approcha de la roue arrière. Je l'entendis glousser de satisfaction quand la lumière lui montra un pneu Dunlop muni d'une pièce. Nous étions juste en dessous de la fenêtre éclairée.

– Il faut à tout prix que je guigne là-haut, Watson. Si vous vous arc-boutez au mur et me prêtez votre dos, je crois que je pourrai y arriver.

Un instant plus tard, ses pieds étaient sur mes épaules. Toutefois il fut presque aussitôt descendu que monté.

– Allons, mon ami, me dit-il, nous avons bien assez travaillé aujourd'hui. Nous avons, je crois, récolté tout ce que nous pouvions. Le chemin est long d'ici l'école et plus vite nous nous mettrons en route, mieux cela vaudra.

Il desserra à peine les dents durant notre harassant parcours à travers la lande et une fois revenus à l'école il ne voulut pas y entrer, mais poursuivit son chemin jusqu'à la gare de Mackleton, d'où il aurait la possibilité d'expédier des télégrammes. Tard dans la soirée, je l'entendis remonter le moral du docteur Huxtable, anéanti par la mort tragique de son professeur et, plus tard encore il entra dans ma chambre, aussi alerte et vigoureux qu'au début de la journée.

– Tout va bien, mon cher, me dit-il. Je vous promets qu'avant demain soir nous aurons trouvé la solution du mystère.

A onze heures, le lendemain matin, mon ami et moi parcourions à pied la fameuse allée d'yeuses du château d'Holdernesse. Nous franchîmes, escortés par un valet de pied, la célèbre et magnifique entrée Renaissance et pénétrâmes dans le bureau du duc. Nous y trouvâmes M. James Wilder, réservé et courtois, mais avec encore dans ses yeux furtifs et dans ses traits nerveux quelque chose de la folle terreur de la veille.

– Vous êtes venus voir le duc ? Je regrette, mais le fait est que le duc est loin d'être en bonne santé. Il a été très bouleversé par la tragique nouvelle. Nous avons reçu hier après-midi un télégramme du docteur Huxtable qui nous avisait de votre découverte.

– Il faut que je voie le duc, monsieur Wilder.

– Mais il est dans sa chambre.

– Eh bien, j'irai dans sa chambre.

– Je crois qu'il est couché.

– Je le verrai couché.

L'inexorable froideur de Holmes montra au secrétaire que toute discussion était superflue.

– Bien, monsieur Holmes ; je vais lui dire que vous êtes là.

Après une demi-heure d'attente, le grand seigneur parut. Son visage était plus cadavérique que jamais, ses épaules s'étaient voûtées et il me parut bien plus âgé que le jour d'avant. Il nous souhaita la bienvenue avec une majestueuse courtoisie et s'assit à son bureau, sa barbe rouge déployée sur le sous-main.

– Eh bien, monsieur Holmes ? dit-il.

Mais les yeux de mon ami étaient rivés au secrétaire qui s'était campé auprès du fauteuil de son maître.

– Je crois, monsieur, que je pourrais parler plus librement en l'absence de M. Wilder.

L'autre pâlit un peu encore et jeta un coup d'œil mauvais à Holmes.

– Si Monsieur le désire...

– Oui, oui, laissez-nous, ça sera mieux. Maintenant, monsieur Holmes, qu'avez-vous à me dire ?

Mon ami attendit que la porte se fût refermée derrière le secrétaire.

– Le fait est, monsieur, dit-il, que mon collègue le docteur Watson, et moi, nous avions reçu du docteur Huxtable l'assurance qu'une récompense était offerte pour la solution de cette affaire. J'aimerais en avoir confirmation de votre propre bouche.

– Certainement, monsieur Holmes.

– Elle se montait, si ce que l'on m'a dit est exact, à cinq mille livres pour celui qui vous dirait où est votre fils ?

– Exactement.

– Et mille autres pour celui qui désignerait la ou les personnes qui le séquestrent ?

– Exact encore.

– Sous cette deuxième rubrique, il y a lieu de comprendre, sans nul doute, non seulement ceux qui l'ont emmené, mais aussi ceux qui conspirent pour le maintenir dans sa séquestration actuelle ?

– Mais oui, mais oui ! s'écria le duc avec impatience. Si vous faites bien votre travail, monsieur Sherlock Holmes, vous n'aurez pas lieu de vous plaindre d'avoir été traité avec mesquinerie.

Mon ami se frotta les mains avec une expression de cupidité qui me surprit, connaissant ses goûts simples.

– Il me semble apercevoir votre chéquier sur la table, dit-il. Je serais heureux si vous me faisiez un chèque de six mille livres. Ce serait aussi bien, peut-être, de le barrer.

Ma banque est celle de la capitale et des comtés, dans Oxford Street.

Le duc, très grave, restait assis très droit dans son fauteuil et considérait Holmes d'un œil impassible.

– S'agit-il d'une plaisanterie, monsieur Holmes ? Le sujet ne s'y prête guère.

– Du tout, monsieur. Je n'ai jamais été plus sérieux de ma vie.

– Qu'est-ce que vous voulez dire, alors ?

– Je veux dire que j'ai gagné la récompense. Je sais où est votre fils et je connais certains de ceux, tout au moins, qui le tiennent.

La barbe du duc était devenue d'un rouge plus agressif que jamais par contraste avec son visage d'une pâleur de spectre.

– Où se trouve-t-il ? demanda-t-il, haletant.

– Il est – ou du moins il était hier soir – à l'auberge du « Coq de combat », à trois kilomètres environ de la grille de votre parc.

Le duc retomba en arrière dans son fauteuil.

– Et qui accusez-vous ?

La réponse de Sherlock Holmes fut stupéfiante. Il s'avança d'un pas et frappant sur l'épaule du duc :

– Je vous accuse, *vous*, dit-il. Et maintenant, monsieur, si vous voulez bien me remettre le chèque en question.

Jamais je n'oublierai l'aspect du duc quand il bondit et battit le vide de ses mains comme un homme qui s'enfonce dans un abîme. Puis, par un effort d'aristocratique maîtrise de soi, il se rassit, et enfouit son visage dans ses mains. Un long moment s'écoula. Puis :

– Que savez-vous au juste ? dit-il enfin, sans lever la tête.

– Je vous ai vus ensemble hier soir.

– Quelqu'un d'autre que votre ami est-il au courant ?

– Je n'ai parlé à personne.

Le duc prit sa plume entre ses doigts tremblants et ouvrit son chéquier.

– Je tiendrai parole, monsieur Holmes. Je vais vous faire ce chèque, bien que l'information que vous avez recueillie ne soit guère la bienvenue. Quand j'ai annoncé la récompense, je ne pensais guère que les événements allaient prendre un pareil tour. Mais vous et votre ami, vous êtes des gens discrets, monsieur Holmes ?

– Je ne vois pas ce que vous voulez dire.

– Il faut que je m'explique nettement, monsieur Holmes. Si vous êtes seuls, tous les deux, à connaître l'incident, il n'y a aucune raison pour qu'il n'en reste pas là. Je crois que je vous dois douze mille livres, n'est-ce pas ?

Mais Holmes, en souriant, fit non de la tête.

– J'ai bien peur, monsieur, que les affaires ne puissent pas s'arranger aussi facilement que ça. Il y a la mort du professeur qu'il s'agit d'expliquer.

– Mais James n'en était pas au courant. Vous ne pouvez pas l'en tenir responsable. Elle fut le fait de cette épouvantable brute que nous avons eu le malheur d'employer.

– Je suis forcé de considérer, monsieur, que quand un homme est l'instigateur d'un forfait, il est moralement coupable de tout autre crime qui peut en découler.

– Moralement, monsieur Holmes, sans doute avez-vous raison. Mais sûrement pas aux yeux de la loi. Un homme ne peut pas être condamné pour un meurtre auquel il n'assistait pas et qu'il réprouve et abomine autant que vous pouvez le faire. A la minute où il l'a appris, il m'a tout confessé, tellement il était saisi d'horreur et de remords. Il n'a pas perdu une heure pour rompre totalement avec le meurtrier. Oh, monsieur Holmes, il faut le sauver ! vous le devez ! je vous dis que vous le devez ! (Le duc avait renoncé à toute tentative pour conserver sa maîtrise de soi et, le visage convulsé, il marchait de long en large en battant l'air de ses poings. Enfin il se domina et se rassit à sa table.) J'apprécie le geste qui vous a poussé à venir ici avant d'en parler à quiconque, reprit-il. Du moins, pouvons-nous tenir conseil pour envisager le moyen de réduire le scandale au minimum.

– Exactement, dit Holmes. Je crois, monsieur, qu'on ne peut y parvenir que s'il existe une totale et complète franchise entre nous. Je suis disposé à vous aider au mieux de mes capacités. Mais pour cela, il faut que je sache jusqu'au dernier détail comment se présente l'affaire. Je suppose que vos paroles concernent M. James Wilder et qu'il n'est pas l'assassin ?

– Non. Le meurtrier s'est échappé.

Sherlock Holmes eut un sourire discret.

– Vous n'avez sûrement pas la moindre connaissance de la petite réputation que je possède, sans quoi vous ne vous imagineriez pas qu'on m'échappe aussi facilement. M. Reuben Hayes a été arrêté, sur ma demande, hier soir à onze heures à Chesterfield. J'ai reçu ce matin, avant de quitter l'école, un télégramme du chef de la police locale m'en avisant.

Le duc se rejeta en arrière dans son fauteuil et regarda mon ami avec de grands yeux.

– Vous semblez posséder des pouvoirs surhumains, dit-il. Ainsi on a pris Reuben Hayes ? Je suis heureux de l'apprendre, si James n'est pas appelé à en subir le contrecoup.

– Votre secrétaire ?

– Non, monsieur, mon fils.

Ce fut au tour de Holmes d'avoir l'air médusé.

– Je reconnais que ce fait m'est entièrement inconnu. Je suis forcé de vous demander d'être plus explicite.

– Je ne vous cèlerai rien. Je suis de votre avis qu'une complète franchise, si douloureuse qu'elle puisse m'être, est la meilleure politique dans la situation désespérée où m'ont réduit la folie et la jalousie de James. Quand j'étais jeune, monsieur Holmes, j'ai aimé d'un amour comme on n'en éprouve qu'un dans une vie entière. J'ai offert à la personne de m'épouser, mais elle a refusé parce que cette union risquait de compromettre ma carrière. Si elle avait vécu, je n'en aurais certainement pas épousé une autre. Mais elle mourut et laissa cet enfant que j'ai chéri et dont j'ai pris soin pour l'amour d'elle. Je ne pouvais en reconnaître la paternité aux yeux du monde, mais je lui ai donné la meilleure éducation et, depuis qu'il a atteint l'âge d'homme, je l'ai gardé près de moi. Il a surpris mon secret et il n'a cessé, depuis lors, d'user abusivement du pouvoir que cela lui donnait sur moi et de la possibilité où il se trouvait de provoquer un scandale qui m'aurait fait horreur. Sa présence fut pour quelque chose dans le tour malheureux que prit mon mariage. Par-dessus tout, il poursuivit, dès le début, d'une haine tenace, mon héritier légitime. Vous pouvez à bon droit demander pourquoi, dans ces conditions, je gardais quand même James sous mon toit. Je vous répondrai que c'est parce que je revoyais dans ses traits ceux de sa mère et que, à cause de ce cher souvenir, mes souffrances s'éternisèrent. Toutes ses manières gracieuses, aussi... il n'y avait rien d'elle qu'il ne me rappelât ou me suggérât. Je n'avais pas la force de l'éloigner. Mais je craignais tellement qu'il ne jouât un mauvais tour à Arthur – je veux dire à lord Saltire – que, pour sa sécurité, j'envoyai celui-ci à l'établissement du docteur Huxtable.

« James eut affaire avec le nommé Hayes parce que ce dernier était mon locataire. James, en l'occurrence, me représentait comme mon fondé de pouvoir. L'autre était une canaille mais, je ne sais comment, James et lui se lièrent intimement. Il a toujours été attiré par les mauvaises fréquentations. Quand James décida de kidnapper lord Saltire, ce fut aux services de cet individu qu'il eut recours. Vous vous souvenez que j'ai écrit à Arthur le dernier jour. Eh bien, James ouvrit la lettre, et y glissa un mot où il lui disait de venir le retrouver dans le petit bois appelé le Fourré déchiqueté qui se trouve près de l'école. Il invoqua le nom de la duchesse et ainsi parvint à engager le petit à venir. Ce soir-là, James s'y rendit à bicyclette – je vous rapporte ce que lui-même m'a confessé – et il dit à Arthur, qu'il retrouva dans le bois, que sa mère voulait à toute force le voir, qu'elle l'attendait dans la lande et que s'il voulait revenir dans le boqueteau à minuit, il y trouverait un homme avec un cheval qui l'emmènerait retrouver sa mère. Le pauvre Arthur donna dans le piège. Il vint au rendez-vous et trouva le nommé Hayes avec un poney à la longe. Arthur le monta et ils partirent ensemble. Il paraît – mais cela James ne l'a appris qu'hier – qu'ils furent poursuivis et que Hayes frappa d'un coup de bâton sur la tête l'homme qui était à leurs trousses. Le malheureux en est mort. Hayes emmena Arthur à son cabaret, au « Coq de combat », où il le séquestra dans une chambre du premier ; il y était soigné par Mme Hayes, une brave femme, mais totalement dominée par sa brute d'époux.

« Eh bien, monsieur Holmes, voilà où en étaient les choses quand je vous ai vu pour la première fois, il y a deux jours. Je ne soupçonnais pas plus que vous la vérité. Vous allez me demander quel mobile avait James d'agir ainsi. A quoi je réponds qu'il y avait une grande part de déraison et de fanatisme dans la haine qu'il avait vouée à l'héritier de mon titre. Dans son esprit c'était lui qui aurait dû hériter tous mes biens et il s'insurgeait contre les lois qui l'en privaient. En outre, il avait un mobile précis : il voulait me contraindre à disposer de ma fortune en sa faveur et pensait qu'il était en mon pouvoir de le faire. Son dessein était de m'amener à conclure avec lui un marché : il me rendait Arthur à condition que je ferais de lui, James, mon héritier légitime. Il savait parfaitement que jamais je ne m'adresserais à la police pour le mater. Je dis qu'il m'aurait proposé ce marché, mais il ne l'a pas effectivement fait, car les événements marchèrent trop vite pour lui et il n'eut pas le temps de réaliser ses plans.

« Ce qui réduisit à néant ses abominables calculs, ce fut la découverte que vous fîtes du cadavre du malheureux Heidegger. James fut, à cette nouvelle, saisi d'horreur. Elle nous parvint pendant que nous étions ensemble dans ce bureau. Le docteur Huxtable nous avait expédié un télégramme et James se montra si anéanti de douleur et si agité que mes soupçons, déjà latents, se muèrent aussitôt en certitude, de sorte que je l'accusai du forfait. Il me confessa tout spontanément. Puis il me supplia de garder son secret trois jours encore, pour donner à son misérable complice une possibilité de sauver sa tête. Je cédai – j'ai toujours cédé – à ses prières et, aussitôt, il se précipita au "Coq de combat" pour prévenir Hayes et lui fournir les moyens de s'enfuir. Je ne pouvais aller là-bas de jour, sans provoquer des commentaires, mais sitôt la nuit tombée, je m'empressai de m'y rendre pour voir mon cher Arthur. Je le trouvai sain et sauf, mais horrifié au-delà de toute expression par l'épouvantable forfait auquel il avait assisté. Pour tenir ma promesse et bien contre ma volonté, je consentis à le laisser là-bas trois jours encore, aux soins de Mme Hayes, puisqu'il était évident qu'on ne pouvait aviser la police de sa présence en cet endroit sans lui dire aussi qui était le meurtrier, et je ne voyais pas comment ce criminel pourrait être puni sans entraîner dans sa ruine mon malheureux James. Vous m'avez demandé de la franchise, monsieur Holmes, et je vous ai pris au mot, car je vous ai maintenant tout dit, sans essayer de rien dissimuler ou déguiser. A votre tour, soyez franc avec moi.

– C'est ce que je vais faire, dit Holmes. Tout d'abord, monsieur, je suis forcé de vous dire que vous vous êtes placé, vis-à-vis de la loi, dans une situation extrêmement grave. Vous avez pardonné un crime et vous avez aidé un meurtrier à s'enfuir ; car je ne doute pas un instant que l'argent qu'a pu prendre James Wilder pour aider son complice à se sauver ne soit sorti de votre bourse.

D'une inclinaison de tête le duc confirma le fait.

– C'est une chose extrêmement grave. Plus coupable encore, à mon avis, est votre attitude vis-à-vis de votre plus jeune fils. Vous le laissez dans ce repaire pour trois jours...

– On m'a solennellement promis...

– Que sont des promesses pour des gens comme cela ? Rien ne vous garantit qu'il ne sera pas enlevé une seconde fois. Pour rassurer votre fils aîné coupable, vous exposez votre cadet innocent à un danger imminent et superflu. Rien ne peut justifier un geste pareil.

L'orgueilleux seigneur d'Holdernesse n'avait pas l'habitude d'être ainsi tancé dans son propre palais ducal. Le sang lui monta au front, mais sa conscience coupable le fit rester muet.

– Je viendrai à votre aide, mais à une seule condition : vous allez appeler le valet de pied et je lui donnerai les ordres que je voudrai.

Sans mot dire, le duc appuya sur une sonnerie. Un domestique entra.

– Je suis heureux de vous apprendre, lui dit Holmes, que votre jeune maître est retrouvé. Le duc désire que la voiture aille immédiatement chercher lord Saltire à l'auberge du « Coq de combat ».

« Maintenant, reprit Holmes une fois que le valet de pied, tout heureux, fut parti, ayant garanti l'avenir, nous pouvons nous montrer plus indulgents à l'égard du passé. Je n'agis pas à titre officiel, et il n'y a aucune raison, dès l'instant que la justice suit son cours, que je dévoile tout ce que je sais. Pour ce qui est de Hayes, je n'ai rien à dire. La potence l'attend et je ne ferai rien pour l'en sauver. Ce qu'il révélera, je l'ignore, mais je ne doute pas que vous n'ayez le moyen de lui faire comprendre que son intérêt est de garder le silence. Du point de vue de la police, il sera considéré comme ayant enlevé l'enfant pour en tirer une rançon. Si elle ne trouve pas elle-même quelle est la vérité, je ne vois pas pourquoi je la lui soufflerais. Je tiens toutefois à vous avertir que la présence de M. James Wilder chez vous ne peut dorénavant que provoquer des catastrophes.

– Je l'ai compris, monsieur Holmes, et il est déjà entendu qu'il va me quitter pour toujours et aller se fixer en Australie.

– En ce cas, monsieur, puisque vous-même déclariez tout à l'heure que c'était de sa présence qu'étaient résultées toutes vos difficultés conjugales, je me permettrais de suggérer que vous signaliez à la duchesse le nouvel état de choses et que vous essayiez de reprendre les relations si malheureusement interrompues.

– Cela va aussi s'arranger, monsieur Holmes. J'ai écrit à la duchesse ce matin.

– Dès lors, dit Holmes en se levant, je crois que mon ami et moi pouvons nous féliciter des heureux résultats de notre petite visite dans ces parages. Il reste toutefois un petit point sur lequel j'aimerais obtenir des éclaircissements : le dénommé Hayes a muni ses chevaux de fers qui contrefaisaient des sabots de vaches. Est-ce de M. Wilder qu'il a appris un pareil subterfuge ?

Le duc resta un instant songeur ; son visage reflétait une intense surprise. Puis il ouvrit une porte et nous fit passer dans une grande pièce qui avait des allures de musée. Il nous mena vers une vitrine dans un coin et nous indiqua la notice.

« Ces fers, y lisait-on, ont été trouvés dans les douves du château d'Holdernesse. Destinés à être utilisés par des chevaux, ils n'en affectent pas moins, par-dessous, la forme d'un sabot fourchu, de façon à lancer les poursuivants sur une fausse piste. On pense qu'ils ont appartenu à certains des barons de Holdernesse qui, au Moyen Age, ravageaient la contrée. »

Holmes ouvrit la vitrine et passa sur un des fers son doigt humecté. Une mince couche de boue fraîche lui resta sur l'épiderme.

– Merci, dit-il en replaçant la vitre. C'est, après un autre, l'objet le plus intéressant que j'ai vu au cours de ce voyage.

– Et quel est l'autre ?

Holmes plia son chèque et le plaça avec soin dans son portefeuille. « Je suis pauvre », dit-il en le tapotant avec affection avant de l'enfouir dans les profondeurs de sa poche intérieure de veston.

LE DÉTECTIVE MOURANT

Mme Hudson, la logeuse de Sherlock Holmes, était une femme qui avait de la patience. Son appartement du premier étage était envahi à toute heure par des foules de personnages singuliers et souvent indésirables et, ce qui est plus grave encore, son extraordinaire locataire affichait dans sa vie une excentricité et une irrégularité bien faites pour mettre la pauvre femme à l'épreuve. L'incroyable désordre de Sherlock, cette manie qu'il avait de jouer de la musique à des heures indues, cette fantaisie qui le prenait parfois de s'entraîner en chambre au tir au revolver, ses expériences scientifiques souvent malodorantes, l'atmosphère de violence et de danger qui l'entourait, tout cela faisait de lui le pire locataire de Londres. Par contre, il payait royalement. On aurait pu acheter la maison, j'en suis sûr, avec le montant des loyers qu'il acquitta pendant les années que j'ai été avec lui.

Il inspirait à sa logeuse une sorte de crainte respectueuse et elle n'osa jamais lui faire d'observations, si inadmissibles que lui parussent ses façons d'agir. Il faut dire aussi qu'elle l'aimait bien, car il était avec les femmes d'une douceur et d'une courtoisie remarquables. Il ne leur faisait pas confiance, mais il se comportait en adversaire chevaleresque.

Sachant en quelle sincère estime elle tenait son illustre locataire, j'écoutai Mme Hudson avec beaucoup d'attention quand, dans la seconde année de mon mariage, elle vint me trouver chez moi pour m'entretenir de la fâcheuse condition de mon pauvre ami.

– Il se meurt, docteur, me dit-elle. Depuis trois jours, il s'affaiblit et j'ai peur qu'il ne passe pas la journée. Il ne voulait pas que j'aille chercher un médecin mais, ce matin, quand je l'ai vu, avec des os qui lui perçaient la peau et des yeux agrandis par la fièvre, je n'ai pas pu y tenir. Je lui ai dit : « Monsieur Holmes, je vais chercher un médecin, et tout de suite ! » « Alors, m'a-t-il répondu, que ce soit Watson ! » A votre place, docteur, j'irais là-bas sans perdre de temps. Sinon, vous pourriez bien ne plus le revoir vivant !

J'étais stupéfait, car je n'avais pas entendu dire que Holmes fût malade. On devine que je me précipitai sur mon pardessus et mon chapeau. Dans la voiture, je sollicitai de Mme Hudson quelques détails.

– Je ne peux pas vous dire grand-chose, docteur ! me dit-elle. Il s'est occupé d'une affaire du côté de Rotherhithe, dans une petite rue près du fleuve, et c'est de là-bas qu'il est revenu malade. Il s'est couché mercredi après-midi et, depuis, il est au lit. Il y a trois jours qu'il n'a rien pris, ni nourriture ni boisson.

– Bigre ! Pourquoi n'avez-vous pas appelé un médecin ?

– Il ne voulait pas, docteur ! Vous savez comme il est têtu. Je n'ai pas osé lui désobéir. Malheureusement, il n'en a plus pour longtemps. Vous vous en rendrez compte quand vous le verrez.

Le fait est qu'il offrait un triste spectacle. Dans la lumière grise d'un jour brumeux de novembre, dans cette chambre de malade sombre et sans gaieté, le visage décharné et flétri qui se tournait vers moi me fit froid au cœur. Les yeux brillaient d'un éclat fiévreux. Il avait sur les joues des taches d'un rouge malsain et des croûtes noirâtres s'accrochaient aux lèvres. Sur la couverture, les maigres mains s'agitaient de façon incessante. La voix était rauque et saccadée. Il gisait là, indifférent à tout. A mon entrée, une flamme passa dans ses prunelles : il me reconnaissait.

– Vous voyez, Watson, me dit-il d'une voix faible, avec quelque chose de son insouciance d'autrefois, il semble que nous en sommes venus aux mauvais jours !

– Mon cher ami...

Je m'approchai.

– Restez où vous êtes et tenez-vous à distance ! s'écria-t-il de ce ton de commandement que je ne lui avais jamais connu que dans des moments exceptionnels. Si vous m'approchez, Watson, je vous ordonnerai de sortir.

– Mais pourquoi ?

– Parce que tel est mon bon plaisir. Ça ne suffit pas ?

Mme Hudson avait raison : il était plus autoritaire que jadis. Malgré cela, sa faiblesse était quelque chose de pitoyable.

– Mon seul désir, expliquai-je, était de vous venir en aide.

– Très bien ! Vous y réussirez beaucoup mieux en faisant ce qu'on vous demande.

– Bien sûr, Holmes !

Il s'adoucit.

– Vous n'êtes pas fâché ?

Il respirait avec difficulté. Le pauvre diable ! Comment aurais-je pu être fâché quand je le voyais devant moi dans un tel état ?

Il reprit, dans une sorte de marmonnement :

– Ce que j'en dis, Watson, c'est dans votre intérêt.

– Dans *mon* intérêt ?

– Je sais ce que j'ai. C'est la maladie des coolies de Sumatra, une affection que les Hollandais connaissent mieux que nous, encore qu'ils n'aient pas fait grand-chose pour la combattre jusqu'à présent. Ce qui est sûr, en tout cas, c'est qu'elle est toujours mortelle, et toujours horriblement contagieuse.

Il parlait maintenant avec une énergie fiévreuse et, d'un

geste de ses longues mains, me faisait signe de m'éloigner de lui.

– Contagieuse par contact, Watson... C'est ça, par contact. Restez à distance et tout ira bien !

– Ah ! ça, Holmes, est-ce que vous vous figurez qu'une considération de ce genre a pour moi la moindre importance ? Elle ne me retiendrait pas s'il s'agissait d'un étranger. Croyez-vous qu'elle m'empêchera de faire mon devoir envers quelqu'un qui est mon ami de longue date ?

Je repartis vers le lit. Un regard furieux m'arrêta.

– Si vous voulez rester où vous êtes, je parlerai. Sinon, vous quitterez cette chambre !

J'ai, pour les extraordinaires facultés de Holmes, une si respectueuse admiration que j'ai toujours déféré à ses désirs, même quand ils m'apparaissaient absolument incompréhensibles. Mais, dans la circonstance, mon instinct professionnel était éveillé. Qu'il fût mon maître ailleurs, soit ! Mais pas ici, dans une chambre de malade.

– Holmes, lui dis-je, vous n'êtes pas vous-même. Quand il est malade, un adulte redevient un enfant et c'est comme tel que je veux vous considérer. Que cela vous plaise ou non, je vous examinerai et je vous soignerai !

Il me jeta un coup d'œil venimeux.

– Si je dois avoir un médecin, avec ou sans mon consentement, que ce soit du moins quelqu'un en qui j'aie confiance !

– Vous n'avez pas confiance en moi ?

– En votre amitié, certainement. Mais les faits sont les faits, Watson, et, après tout, vous ne faites que de la médecine générale, vous n'avez qu'une expérience très limitée et de médiocres capacités. Il m'est pénible d'être obligé de vous dire ça, mais vous ne me laissez pas le choix.

J'étais à la fois peiné et blessé.

– Ces propos, Holmes, sont indignes de vous. Ils m'en disent long sur l'état de vos nerfs. Puisque vous n'avez pas confiance en moi, je ne voudrais pas vous imposer mes soins. Mais permettez-moi de vous amener sir Jasper Meeks, Penrose Fisher ou l'un quelconque des meilleurs médecins de Londres. Il faut *absolument* que l'un d'eux vienne ici et c'est une décision sur laquelle je ne reviendrai pas. Si vous vous imaginez que je vais rester là à vous regarder mourir, sans rien tenter moi-même et sans faire appel à un de mes confrères, vous me connaissez bien mal !

– Vos intentions sont excellentes, Watson. Faudra-t-il donc que je vous prouve que vous ne pouvez rien ? Qu'est-ce que vous savez de la fièvre de Tapanuli, voulez-vous me le dire ? Et de la fièvre noire de Formose ?

– Je n'ai jamais entendu parler ni de l'une ni de l'autre.

– Il y a bien des maladies étranges en Orient, Watson, bien des possibilités pathologiques...

S'interrompant après chaque phrase pour rassembler ses forces défaillantes, il poursuivit :

– Des travaux que j'ai faits récemment et qui touchent à la fois à la médecine et à la criminologie m'en ont convaincu et, cette maladie, je l'ai contractée au cours de mes recherches. Vous ne pouvez absolument rien faire.

– C'est possible. Mais il se trouve que je sais que le docteur Ainstree, qui fait autorité en matière de maladies tropicales, est actuellement à Londres. Inutile de protester, Holmes ! Je vais le chercher de ce pas.

Résolument, je me dirigeai vers la porte.

Jamais de ma vie je n'ai éprouvé pareille émotion ! Jaillissant hors de son lit dans un véritable bond de tigre, le mourant m'avait devancé. La clé tourna dans la serrure avec un bruit sec. Après quoi, Holmes regagna sa couche en vacillant. Il haletait.

– Cette clé, Watson, vous ne me la prendrez pas de force ! Je vous tiens, mon petit ami ! Vous êtes ici et vous y demeurerez jusqu'à ce que j'en décide autrement. Je me plierai d'ailleurs à vos caprices...

Il parlait par à-coups, avec des pauses durant lesquelles il faisait de terribles efforts pour respirer.

– Vous ne voulez que mon bien, Watson. Je le sais comme vous, naturellement. Vous ferez ce que vous voudrez, mais il faut me laisser le temps de récupérer un peu. Pour le moment, Watson, rien à faire. Il est quatre heures. A six heures, je vous rendrai votre liberté.

– C'est de la folie, Holmes.

– Deux heures seulement, Watson. A six heures, vous vous en irez, je vous le promets. Ça vous ennuie d'attendre ?

– Il semble bien que je n'aie pas le choix.

– Exact, Watson. Non, merci, je n'ai pas besoin de vous pour arranger mes draps. Gardez vos distances, je vous prie ! Il me reste encore une chose à vous dire. Vous irez chercher quelqu'un, soit ! Seulement, ce ne sera pas l'homme dont vous avez parlé, mais celui que je vous indiquerai.

– Entendu.

– Le premier mot sensé que vous ayez prononcé, Watson, depuis votre entrée dans cette pièce ! Vous trouverez des livres là-bas, sur ce meuble. Je me sens plutôt à bout de forces. Je me demande quels sont les sentiments d'une batterie quand elle déverse de l'électricité dans un corps non conducteur. A six heures, Watson, nous reprendrons notre conversation.

Nous devions le faire beaucoup plus tôt, et dans des circonstances qui me bouleversèrent presque autant que je l'avais été quand Holmes avait bondi à la porte. J'étais resté un instant debout, à contempler la forme silencieuse allongée dans le lit. La figure était presque entièrement cachée par le drap et Holmes paraissait dormir. Incapable de lire, ou même de m'asseoir, je m'étais mis ensuite à faire à pas lents le tour de la chambre, examinant les portraits des assassins célèbres qui ornaient les murs. Ma promenade finit par m'amener devant la tablette de la cheminée, sur laquelle s'éparpillait un fouillis de pipes, de blagues à tabac, de seringues de Pravaz, de cartouches de revolver et de bibelots divers. Au milieu de tout cela se trouvait, blanc et noir, une petite boîte en ivoire, avec un couvercle à glissière. L'objet était joli et j'avançais la main pour le regarder de près quand...

Il avait poussé un cri terrible, un cri que l'on avait dû entendre au bout de la rue. J'eus l'impression que mon sang se glaçait dans mes veines et que mes cheveux se dressaient sur ma tête. Je me retournai : il me regardait avec des yeux affolés. Je demeurai comme paralysé, la petite boîte à la main.

– Posez ça, Watson ! Posez ça tout de suite !

Il se laissa retomber sur l'oreiller et, quand je replaçai la boîte où je l'avais prise, exhala un profond soupir de soulagement.

– J'ai horreur qu'on touche à mes affaires, Watson, vous le savez fort bien ! Vous ne tenez pas en place et vous êtes positivement insupportable. Un médecin comme vous, c'est assez pour rendre fou n'importe quel patient ! Asseyez-vous, mon vieux, et laissez-moi reposer !

L'incident me laissa une impression très désagréable. L'irritabilité de mon ami, la brutalité de son langage, à l'ordinaire si courtois, tout cela me prouvait le désordre profond de son esprit. De toutes les ruines, celle d'une noble intelligence est la plus navrante. Je restai assis, silencieux et abattu, jusqu'à ce que le délai fixé fût écoulé. Holmes devait avoir surveillé la pendule comme je l'avais fait moi-même, car il était à peine six heures quand il se mit à parler, avec la même agitation fébrile que précédemment.

– Maintenant, Watson, causons ! Avez-vous de la monnaie en poche ?

– Oui.

– Des pièces d'argent ?

– Quelques-unes.

– Combien de demi-couronnes ?

– Cinq.

– Ah ! c'est trop peu ! Dommage, Watson ! Quoi qu'il en soit, mettez-les dans votre gousset, avec votre montre. Laissez le reste dans la poche gauche de votre pantalon. Merci ! Ça s'équilibrera beaucoup mieux comme ça.

C'était du délire caractérisé. Il eut un frisson et fit entendre un bruit qui tenait de la toux et du gémissement.

– Maintenant, Watson, je vais vous demander d'allumer le gaz, mais en veillant bien à ne jamais, à aucun moment, ouvrir le robinet plus qu'à moitié. Je vous supplie d'y faire très attention. Merci ! C'est parfait comme ça. Non, inutile de baisser le store. Ce que je voudrais, c'est que vous ayez la bonté de mettre sur cette table, à portée de ma main, quelques lettres et des journaux. Et puis, aussi, quelques-unes des bricoles qui sont sur la cheminée. Parfait ! Maintenant, prenez la pince à sucre et servez-vous-en pour prendre la petite boîte en ivoire, que vous allez poser là, au milieu des journaux. Très bien ! Sur quoi, vous pouvez aller chercher M. Culverton Smith, au 13 Lower Burke Street.

A dire le vrai, je n'avais plus tellement envie d'aller chercher un médecin, car le pauvre Holmes délirait si manifestement qu'il me semblait dangereux de le laisser seul. Mais il était maintenant aussi anxieux à consulter la personne qu'il avait nommée qu'il avait été précédemment entêté dans son refus de se soumettre à un examen.

– Ce nom, dis-je, je l'entends pour la première fois.

– C'est très possible, mon cher Watson. Il vous surprendra peut-être d'apprendre que l'homme qui sur terre connaît le mieux la maladie en question n'est pas un médecin, mais un notable colon de Sumatra, M. Culverton Smith, qui se trouve à Londres en ce moment. Une épidémie de cette maladie s'étant déclarée dans ses plantations, loin de tout secours médical, il s'est mis à étudier lui-même le fléau et ses travaux ont été gros de conséquences. Le personnage est extrêmement méthodique et, si je vous ai retenu ici jusqu'à six heures, c'est parce que je savais que vous ne pourriez le joindre à son bureau. Si vous pouviez le persuader de venir ici et de nous faire profiter de son expérience unique de cette maladie, à l'étude de laquelle il a consacré tant de ses loisirs, je suis sûr qu'il me rendrait grand service.

Je donne ici les propos de Holmes comme formant un tout logique. Ils étaient, en fait, moins ordonnés et interrompus fréquemment par les efforts qu'il faisait pour respirer, cependant qu'il se tordait les mains en des mouvements qui révélaient ses souffrances. Son état avait empiré depuis que j'étais avec lui. Les plaques rouges de ses joues étaient plus marquées, ses yeux brillaient d'un éclat plus vif dans les orbites plus creusées et une sueur froide luisait sur son front. Cependant, l'élégance enjouée de son langage demeurait. Jusqu'à son dernier souffle, il resterait toujours le Maître.

– Vous lui direz exactement, poursuivit-il, l'état dans lequel vous m'avez laissé. Il faut que se grave en son esprit l'impression même qui est dans le vôtre, qu'il se dise, comme vous, que je suis un mourant et un mourant qui délire. Au fait, je ne puis comprendre pourquoi l'océan tout entier ne forme pas une masse solide d'huîtres, étant donné que ces mollusques paraissent être prodigieusement prolifiques. Mais je divague... Le contrôle du cerveau sur le cerveau m'étonnera toujours. Qu'est-ce que je disais, Watson ?

– Vous me donniez des instructions pour M. Culverton Smith.

– Ah ! oui, je me rappelle. C'est pour moi une question de vie ou de mort. Insistez, Watson ! Nous ne sommes pas en trop bons termes, lui et moi. A cause de son neveu... Ce jeune homme est mort dans des circonstances affreuses et j'ai laissé voir à l'oncle que sa conduite à lui m'inspirait certains soupçons. Il m'en a gardé une dent. Vous l'amadouerez, Watson ! Priez, suppliez, faites comme vous l'entendrez, mais amenez-le ! Il peut me sauver... et il est le seul à le pouvoir !

– Je vous l'amènerai en fiacre, quand je devrais le prendre à bras-le–corps pour l'y installer !

– Gardez-vous-en bien, surtout ! Vous le persuaderez de venir et vous reviendrez avant lui. Trouvez un prétexte, n'importe lequel, pour le précéder. N'oubliez pas, Watson ! Je compte sur vous, comme je l'ai toujours fait. Sans doute y a-t-il des ennemis naturels qui limitent la multiplication des mollusques. Vous et moi, Watson, nous avons tenu notre bout de rôle. Le monde sera-t-il un jour submergé par les huîtres ? Non, non, ce serait trop horrible ! Vous lui donnerez bien votre impression exacte, n'est-ce pas ?

Je le quittai, avec l'image de cette magnifique intelligence qui sombrait. Il m'avait remis la clé et j'eus l'heureuse inspiration de l'emporter, l'empêchant ainsi de s'enfermer dans sa chambre. Mme Hudson, tremblant et pleurant, m'attendait dans le couloir. Tandis que je descendais, j'entendis Holmes qui, en plein délire, se mettait à chanter un hymne d'une voix aiguë. Dehors, comme j'appelais une voiture, un homme sortit du brouillard et vint à moi.

– Comment va M. Holmes ? me demanda-t-il.

C'était une vieille connaissance, l'inspecteur Morton, de Scotland Yard. Il était en civil.

– Il est très mal, répondis-je.

Il me regarda de curieuse façon. Si ce n'eût été là une pensée par trop diabolique, j'aurais pu imaginer que la nouvelle lui faisait plaisir.

– Je l'avais vaguement entendu dire, me déclara-t-il.

Mon fiacre approchait. Je quittai le policier.

Des maisons de belle apparence s'alignaient à droite et à gauche de Lower Burke Street, une rue tranquille, quelque part entre Notting Hill et Kensington. Celle devant laquelle mon cocher s'arrêta avait un air de « respectabilité », avec ses grilles en fer à l'ancienne mode, sa porte massive à double battant, aux cuivres bien astiqués. La demeure donnait presque à prévoir le majestueux maître d'hôtel qui me reçut, encadré dans le rayonnement rosé de la lumière électrique qui l'éclairait par-derrière.

– Oui, monsieur, me dit-il, M. Culverton Smith est chez lui. Le docteur Watson ? Très bien, monsieur. Je vais lui remettre votre carte.

Mon modeste nom et ma qualité ne semblaient pas faire grande impression sur M. Culverton Smith. Par la porte entrouverte, j'entendis sa voix, haute et pointue.

– Qui est ce monsieur ? Qu'est-ce qu'il veut ? Combien de fois ne vous ai-je pas dit, Staples, que je ne voulais pas être dérangé quand je travaillais ?

Suivit un flot d'explications doucereuses du maître d'hôtel.

– C'est bon, Staples ! Je ne le recevrai pas. Je ne peux pas souffrir d'être interrompu comme ça, en plein travail. Je suis sorti. Dites-le-lui ! Ajoutez que, s'il tient absolument à me voir, il peut revenir demain matin !

Le domestique murmura de nouveau quelques phrases destinées à apaiser son maître.

– Il suffit, Staples ! Dites-lui ce que je vous ai dit ! Il viendra demain matin ou il ne viendra pas, ça m'est égal. J'entends qu'on respecte mon travail !

Je pensai à Holmes qui se retournait sur son lit de douleur, comptant peut-être les minutes qui le séparaient encore du secours qu'il attendait. Ce n'était pas le moment de se laisser arrêter par des considérations d'étiquette. La vie de mon ami dépendait de la rapidité de mon action. Avant que le maître d'hôtel ne m'eût transmis la réponse, avec ses excuses, je l'écartai et j'entrai dans la pièce.

Avec un cri de colère, un homme se leva de la chaise longue sur laquelle il était assis, au coin du feu. Je vis un gros visage jaune, à la peau rude et grasse, un lourd double menton et deux yeux gris qui, sous de gros sourcils roux, semblaient lancer des éclairs. L'homme était chauve et une calotte assez coquette s'équilibrait sur un côté de son énorme crâne. Le personnage, pourtant, je le remarquai avec étonnement, était petit et frêle, les épaules et le dos difformes, comme s'il avait, dans son enfance, souffert du rachitisme.

– Qu'est-ce que ça signifie ? hurlait-il de sa voix grinçante. Vous forcez ma porte ? Est-ce que je ne vous ai pas fait dire que je vous recevrais demain matin ?

– Je suis désolé, dis-je, mais il y a urgence. M. Sherlock Holmes...

La seule mention du nom de mon ami produisit sur le petit homme un effet extraordinaire. Toute trace de colère avait disparu de son visage, maintenant tendu et attentif.

– Vous venez de sa part ?

– Je viens de le quitter.

– Et qu'est-ce qu'il me veut ? Comment va-t-il ?

– Il est terriblement malade et c'est pour cela que je suis venu vous trouver.

D'un geste, l'homme m'indiqua un siège. Tandis qu'il me tournait le dos pour regagner le sien, j'aperçus un court instant son visage dans la glace placée au-dessus de la cheminée. J'aurais juré y voir le reflet d'un odieux sourire. Je me persuadai tout de suite qu'il ne s'agissait que d'un tic car, dans la seconde qui suivit, quand il se retourna vers moi, l'homme offrait une physionomie très sincèrement affligée.

– Cette nouvelle me désole, dit-il. Je n'ai eu avec Holmes que des relations d'affaires, mais j'ai beaucoup d'estime pour ses talents et pour son caractère. Il s'est spécialisé dans le crime, comme moi dans la maladie. A lui le scélérat, à moi le microbe ! Voici mes prisons, à moi !

Il me montrait du doigt des bocaux et des fioles posés sur une table à côté de lui. Il reprit :

– Dans ces cultures gélatineuses, les pires ennemis que l'homme se connaisse tirent leur temps !

– C'est justement à cause de vos connaissances spéciales que M. Holmes désirerait vous voir. Il a une très haute opinion de vous et considère que vous êtes, à Londres, le seul homme qui puisse quelque chose pour lui.

Le petit homme sursauta et la coquette calotte glissa sur le plancher.

– Et pourquoi se serait-il mis cette idée en tête ?

– Parce que nul ne connaît mieux que vous les maladies exotiques.

– Mais pourquoi s'imagine-t-il qu'il souffre d'une maladie exotique ?

– Parce qu'il l'a contractée au cours d'une enquête parmi les matelots chinois des docks.

– Je comprends.

M. Culverton Smith sourit et ramassa sa calotte.

– J'espère, dit-il, que c'est moins grave que vous ne le supposez. Depuis combien de temps est-il malade ?

– Trois jours environ.

– Est-ce qu'il délire ?

– De temps en temps.

– Alors, vous avez raison et ce pourrait être sérieux. Il serait de ma part inhumain de ne pas répondre à votre appel. J'ai horreur d'être dérangé dans mon travail, mais le cas est exceptionnel. Je vous accompagne.

Je me rappelai les recommandations de Holmes.

– J'ai un autre rendez-vous, dis-je.

– Dans ce cas, j'irai seul. J'ai l'adresse de M. Holmes. Vous pouvez compter que je serai chez lui dans une demi-heure au plus tard.

Ce fut le cœur serré d'angoisse que je rentrai dans la chambre de Holmes. Le pire avait pu arriver durant mon absence. A mon grand soulagement, je constatai que son état, au contraire, s'était sérieusement amélioré. Il avait toujours une mine affreuse, mais il ne délirait plus et, si sa voix était encore faible, il semblait parler avec plus de lucidité que jamais.

– Alors, Watson, vous l'avez vu ?

– Oui. Il va venir.

– Bravo, Watson ! Vous êtes le plus sûr des messagers.

– Il voulait revenir avec moi.

– Ça n'aurait pas fait l'affaire du tout, Watson ! Vous a-t-il demandé de quoi je souffrais ?

– Sans doute. Je lui ai parlé d'une maladie contractée parmi les Chinois de l'East End.

– Excellente idée ! Vous avez fait, Watson, tout ce qu'un ami dévoué pouvait faire. Il ne vous reste plus qu'à disparaître de la scène.

– Je préférerais attendre, Holmes. J'aimerais connaître son opinion...

– C'est trop naturel ! Seulement, cette opinion, j'ai des raisons de penser qu'il la donnera beaucoup plus franchement et qu'elle aura beaucoup plus de valeur s'il s'imagine que nous sommes seuls, lui et moi. Vous allez vous cacher à la tête de mon lit, Watson, derrière le rideau.

– Mais, mon cher Holmes...

– Nous n'avons pas le choix, Watson ! Il n'y a pas de cachettes dans cette pièce... et c'est mieux ainsi car, comme ça, il n'aura aucun soupçon. Vous ne pouvez vous dissimuler qu'où je vous ai dit. Vous aurez juste la place...

Soudain, il s'assit dans son lit, tendant l'oreille, le visage crispé.

– J'entends sa voiture, Watson ! Cachez-vous vite et, quoi qu'il arrive, ne bougez pas ! Quoi qu'il arrive, vous avez compris ? Ne parlez pas ! Ne remuez pas ! Mais écoutez de toutes vos oreilles !

Brusquement, ses forces, si bien revenues, l'abandonnèrent. Ses propos perdirent toute netteté pour se fondre dans les murmures vagues d'un demi-délire.

De la cachette où j'avais été si promptement poussé, j'entendis des pas qui montaient l'escalier, puis la porte qui s'ouvrait et se fermait. A mon vif étonnement, un long silence suivit, troublé seulement par la respiration oppressée et haletante du malade. J'imaginais le visiteur debout près du lit, le regard fixé sur Holmes. Au bout d'un instant, j'entendis sa voix.

– Holmes !

Il appelait à pleine voix, du ton de quelqu'un qui est bien décidé à réveiller un dormeur.

– Holmes ! Vous ne m'entendez pas ?

Un bruit léger me donna à penser qu'il avait empoigné le malade par l'épaule et qu'il le secouait avec une certaine rudesse.

– C'est vous, monsieur Smith ? Je n'osais pas espérer votre visite.

La voix de Holmes était un murmure. L'autre ricana.

– Ça ne m'étonne pas. Pourtant, vous voyez, je suis venu.

– C'est très bien de votre part... C'est même noble, je rends hommage à vos connaissances particulières...

L'homme ricana de nouveau.

– Je veux bien le croire. Vous êtes heureusement, à Londres, le seul à pouvoir le faire. Savez-vous de quoi vous souffrez ?

– De la même chose *que lui.*

– Ah ! vous avez reconnu les symptômes ?

– Trop bien !

– Eh bien ! Holmes, ça ne me surprendrait pas ! Ce pourrait bien être la même chose. Fâcheux pour vous, ça ! Le pauvre Victor est mort le quatrième jour... et c'était un garçon plein de vie. Comme vous l'avez fait observer à l'époque, il était assez surprenant qu'il eût contracté, en plein cœur de Londres, une étrange maladie asiatique et, chose curieuse, une maladie que j'avais, moi, tout spécialement étudiée. Bizarre coïncidence ! Avoir remarqué ça, c'était très fort de votre part. Mais suggérer qu'il y avait entre mes recherches et cette maladie une relation de cause à effet, c'était plutôt manquer de charité.

– Je savais que je ne me trompais pas.

– Vraiment ? En tout cas, vous n'avez rien pu prouver. Et qu'est-ce que vous pensez de vous, aujourd'hui ? Vous avez répandu sur mon compte des bruits odieux et maintenant, parce que vous êtes mal parti, vous implorez mon aide. Qu'est-ce que vous pensez de ça, hein ?

J'entendis la respiration sifflante du malade. Il haletait.

– Passez-moi la carafe d'eau !

– Vous êtes joliment près de votre fin, mon pauvre vieux, mais je ne veux pas que vous vous en alliez avant que nous n'ayons bavardé un peu. C'est pour ça que je vous donne de l'eau. Vous m'en faites verser la moitié à côté !... Là, c'est mieux !... Etes-vous encore en état de comprendre ce que je vous dis ?

Holmes poussa un gémissement.

– Faites ce que vous pourrez pour moi ! murmura-t-il. Le passé est le passé. J'oublierai ces mots-là, je vous le jure. Sauvez-moi et j'oublierai !

– Vous oublierez quoi ?

– Ce que vous venez de dire à propos de la mort de Victor Savage. Vous avez pratiquement reconnu que vous l'avez provoquée. Je ne m'en souviendrai pas.

– Souvenez-vous-en, ne vous en souvenez pas, c'est comme vous voudrez ! D'une façon comme de l'autre, je ne vous vois pas dans le box des témoins. Vous serez bientôt entre quatre planches, mon brave Holmes, et il m'est parfaitement égal que vous sachiez ou non comment mon neveu est mort. D'ailleurs, ce n'est pas de lui que nous parlons, c'est de vous.

– Oui, bien sûr.

– Le type qui est venu me chercher – j'ai oublié son nom – m'a dit que vous avez contracté la maladie dans l'East End, parmi les Chinois des docks.

– Je ne vois pas d'autre explication.

– Vous êtes fier de votre intelligence, n'est-ce pas ? Vous vous croyez malin ? Eh bien ! cette fois, vous avez rencontré plus fort que vous ! Faites un effort, Holmes, réfléchissez ! Cette maladie, vous ne voyez pas un autre moyen de l'expliquer ?

– Je suis incapable de penser. J'ai le cerveau vide. Faites quelque chose pour moi, je vous en supplie !

– Effectivement, je peux faire quelque chose pour vous : je peux vous aider à comprendre où vous en êtes et comment vous en êtes arrivé là. Que vous le sachiez avant de mourir, ça ne me déplaira pas !

– Donnez-moi quelque chose qui me soulagera !

– C'est douloureux, hein ? Vers la fin, les coolies criaient comme des porcs qu'on écorche. Ça vous prend comme une crampe, n'est-ce pas ?

– Oui. C'est une crampe.

– Bien. Malgré ça, vous me comprenez bien ? Alors, écoutez-moi ! Vous ne voyez pas un petit fait extraordinaire qui se serait produit dans votre vie, à peu près vers le moment où vous avez pu constater les premiers symptômes de la maladie ?

– Non, je ne vois pas.

– Réfléchissez bien !

– Je suis trop malade pour réfléchir.

– Alors, je vais vous aider. Il ne vous est rien arrivé par la poste ?

– Par la poste ?

– Vous n'auriez pas reçu une petite boîte ?

– Je n'en puis plus !

– Allons, Holmes, faites un effort !

De nouveau, j'entendis un bruit qui m'indiquait que l'homme était en train de secouer le mourant par l'épaule. J'eus toutes les peines du monde à rester coi dans ma cachette. Il poursuivait :

– Ecoutez-moi, Holmes ! Je veux que vous m'entendiez et *vous m'entendrez* ! Vous rappelez-vous une boîte, une petite boîte en ivoire ? Elle est arrivée mercredi. Vous l'avez ouverte, vous vous rappelez ?

– Oui, oui. Je l'ai ouverte. Il y avait, à l'intérieur, un ressort acéré. Quelque farce...

– Il ne s'agissait pas d'une farce, ainsi que vous allez le

constater. Imbécile ! Vous l'avez voulu, vous l'avez eu ! Qui est-ce qui vous avait demandé de me tirer dans les jambes ? Si vous m'aviez laissé en paix, je n'aurais pas été obligé de m'occuper de vous !

– Je me rappelle ! Ce ressort m'a fait saigner. La boîte, c'est celle qui est sur la table.

– En effet, c'est bien celle-là ! Permettez que je l'empoche ! Mieux vaut qu'elle sorte de la pièce avec moi. Il vous restait un commencement de preuve : il s'envole. Compensation : vous connaissez la vérité et vous mourrez avec la certitude que je vous ai tué. Vous en saviez trop long sur la fin de Victor. Il était préférable de vous envoyer le rejoindre. Vous n'en avez plus pour longtemps, Holmes. Je vais m'asseoir ici et vous regarder mourir. J'y tiens !

La voix de Holmes n'était plus qu'un murmure à peine perceptible.

– Qu'est-ce que vous réclamez ? reprit Smith. Un peu de lumière ? Ah ! ah ! l'ombre commence à descendre ! Vous avez raison, je vais hausser le gaz. Je vous verrai mieux.

Il traversa la pièce, qui s'emplit de lumière.

– Voyez-vous encore, mon bon ami, un autre service que je pourrais vous rendre ?

– Donnez-moi donc une cigarette et un peu de feu !

Je faillis crier de surprise et de joie : Holmes avait retrouvé sa voix normale, un peu faible encore, mais bien telle que je la connaissais depuis toujours. Il y eut un long silence. J'eus le sentiment que Culverton Smith restait debout, stupéfait, à regarder Holmes. A la fin, je l'entendis dire d'un ton sec :

– Qu'est-ce que ça signifie ?

– Simplement, répondit Holmes, que le meilleur moyen de bien jouer un rôle est encore de le vivre. Je vous donne ma parole que, depuis trois jours, je n'ai absorbé aucun aliment, ni solide ni liquide, et que je n'ai rompu ma diète qu'avec ce verre d'eau que vous avez eu la bonté de me verser. Ce qui m'a le plus manqué, c'est le tabac. Ah ! voici des cigarettes !

J'entendis frotter une allumette.

– Ça fait du bien !... Tiens ! tiens ! Serait-ce le pas d'un ami ?

On marchait dans le couloir. La porte s'ouvrit, livrant passage à l'inspecteur Morton.

– Tout va bien, dit Holmes, et voici votre homme !

L'officier de police prononça la formule habituelle, terminant sur les mots :

– Je vous arrête sous l'inculpation d'assassinat sur la personne d'un certain Victor Savage.

– Vous pourriez également, ajouta Holmes en riant, faire état d'une tentative d'assassinat sur la personne d'un certain Sherlock Holmes. Je vous ferai remarquer, inspecteur, que, pour épargner quelque peine à un mourant, M. Culverton Smith a eu l'amabilité de vous donner lui-même le signal convenu en allumant le gaz en plein. A propos, votre prisonnier a, dans la poche droite de son pardessus, une petite boîte qu'il serait prudent de lui enlever. A votre place, je la manipulerais avec précaution. Posez-la ici ! Merci. Elle pourra être utile, lors du procès.

Il y eut un bruit de lutte, bientôt suivi d'un cri de douleur.

– A ce jeu-là, dit tranquillement l'inspecteur, vous récolterez un mauvais coup. Vous voulez vous tenir tranquille, oui ?

J'entendis le déclic des menottes qui se fermaient sur les poignets du prisonnier.

– Un joli traquenard ! lança Smith d'une voix hargneuse. Seulement, c'est *vous*, Holmes, que cette histoire-là mènera au banc des accusés, vous, et non pas moi ! Il m'a demandé de venir ici pour lui donner mes soins. J'avais pitié de lui, je suis venu. J'imagine qu'il va maintenant soutenir que je lui ai tenu je ne sais quels propos corroborant ses ridicules soupçons. Mentez tant que vous voudrez, Holmes ! Ma parole vaut la vôtre.

– Sapristi ! s'écria Holmes. Je l'avais totalement oublié ! Mon cher Watson, je vous dois mille excuses. Dire que je ne songeais plus à vous ! Je n'ai pas à vous présenter à M. Culverton Smith, car je crois savoir que vous l'avez déjà rencontré un peu plus tôt dans la soirée. La voiture est en bas ? Je vous rejoindrai, inspecteur, dès que je serai habillé. Il se peut qu'on ait besoin de moi au commissariat.

*
**

– Je n'en ai jamais eu tant besoin ! dit Holmes.

Il venait d'absorber un verre de bordeaux et, tout en continuant sa toilette, grignotait un biscuit. Il poursuivit :

– Cependant, mes habitudes étant très irrégulières, ainsi que vous ne l'ignorez pas, ce genre de tour de force présente pour moi moins de difficultés que pour la plupart de mes contemporains. Il me fallait absolument donner à Mme Hudson l'impression que mon état était vraiment grave, puisqu'il fallait que, cette impression, elle vous la communiquât et qu'à votre tour vous la fissiez partager à ce Culverton Smith. Vous n'êtes pas fâché, Watson ? Vous avez toutes sortes de talents, mais vous ne savez pas feindre et, si vous aviez été dans le secret, vous n'auriez jamais été capable de convaincre Smith qu'il était urgent qu'il vînt ici. Or, tout reposait sur sa présence. Connaissant son naturel vindicatif, j'étais sûr qu'il ne résisterait pas au plaisir de venir constater sur place qu'il avait bien travaillé.

– Mais votre aspect, Holmes, ce visage décomposé ?

– Trois jours de jeûne absolu, Watson, n'arrangent pas votre physionomie. Pour le reste, il n'y a rien qu'un bon coup d'éponge ne puisse guérir. Avec de la vaseline sur le front, un peu de belladone dans les yeux, du rouge sur les pommettes et, autour des lèvres, des croûtes fabriquées avec de la cire, on obtient des résultats très satisfaisants.

La simulation des maladies est un sujet sur lequel j'ai souvent eu envie d'écrire une petite étude. Parlez de temps à autre de demi-couronnes, d'huîtres ou de n'importe quelle stupidité qui vous passe par la tête, et vous donnerez très facilement à qui vous écoute l'impression que vous délirez.

– Mais, puisqu'en fait il n'y avait aucun risque de contagion, pourquoi m'avoir interdit de vous approcher ?

– Est-il possible que vous posiez une telle question ? Est-ce que vous vous figurez que je ne tiens pas vos talents de médecin en très haute estime ? Vous êtes trop subtil pour croire que vous avez affaire à un mourant quand votre malade, si faible soit-il, a le cœur qui bat régulièrement et ne fait pas de température. A quelques mètres de distance, je pouvais vous donner le change... et c'était indispensable, puisque vous seul vous pouviez m'amener ce Smith. Non, Watson, il vaudrait mieux que vous ne touchiez pas cette boîte ! Regardez-la sur le côté et vous apercevrez l'endroit d'où, quand on l'ouvre, jaillit un ressort dont l'extrémité pointue ressemble à un crochet de vipère. Je crois que c'est par un procédé analogue qu'a été expédié dans l'autre monde le pauvre Victor Savage, dont le seul tort était de primer son oncle dans je ne sais quelle succession. Fort heureusement, ma correspondance étant, comme vous le savez, assez variée, je me tiens sur mes gardes et j'examine avec méfiance tout paquet qui peut me parvenir. J'étais convaincu qu'en laissant croire à Culverton Smith que tout s'était passé conformément à ses plans je pourrais lui arracher un aveu. Je lui ai donné la comédie et, j'ose le dire, avec le talent d'un artiste authentique. Aidez-moi à mettre mon pardessus, voulez-vous ? Merci. Quand nous en aurons terminé au commissariat, j'ai idée que ce qui s'imposera, c'est un solide dîner au Simpson's. Qu'en pensez-vous ?

UN SCANDALE EN BOHÊME 5

PETER LE NOIR 35

L'ÉCOLE DU PRIEURÉ 63

LE DÉTECTIVE MOURANT... 103

Librio

138

Achevé d'imprimer en Italie par Grafica Veneta
en août 2013 pour le compte de E.J.L.
87, quai Panhard-et-Levassor, 75013 Paris
1er dépôt légal dans la collection septembre 1996
EAN 9782290348420

Diffusion France et étranger : Flammarion